De la lumière à l'obscurité

Les chroniques d' Ethan

1ère partie : Après la mort…

"Croyez-vous en dieu?"
- Non
- Qu'est ce qui vous effraie?
- Vous !
- Vous ne me faites pas confiance?
- Comment le pourrais-je !?

Ethan était le genre de jeune homme
capable d'éprouver en un regard toute une
panoplie de sentiment à l'égard des
femmes.
Jeune homme souvent solitaire,
approchant la trentaine, toujours élégant et
traînant les trois quart du temps à écumer
les bars dans ce qu'il appelait son "cher
Detroit".
Il n'était pas du genre très causant, ni
même très "patriote" et toutes ces histoires
de politique ne l'atteignaient pas, bref il
s'en moquait complètement.
Pour lui tous les politiciens étaient véreux.
Cela faisait maintenant trois bonnes heures
qu'il était assis là dans son bar préféré, le

"Midtown coffee", pub rassemblant l'élite
de la classe moyenne de tout Détroit.
Il enchaînait verre sur verre, du Martiny
dry, sa boisson préférée.
- Encore un verre ! Réclama-t-il au patron
du bar
- Non non non je ne crois pas mon garçon
vous avez assez bu comme ça pour ce soir,
rentrez donc chez vous! Je vous appelle un
taxi
Ethan grommela mais s'exécuta, il faut
dire qu'il n'aurait fait le malin pour rien au
monde devant ce grand gaillard tout droit
sorti d'un "Smackdown".
Il prit le premier taxi d'un air
complètement dépité, air mélangé aux
saveurs alcoolisées. Le temps semblait
s'être suspendu au dessus de Detroit. Le
ciel était dégagé cette nuit-là mais pas une
étoile ne brillait au dessus de lui.
Ni la clarté de la lune, ni celle des lueurs
mortes de la nuit en centre-ville, ne
pouvait le sortir de sa mélancolie
alcoolisée.
Jusqu'à cet instant fatidique où des phares
vinrent éblouir sa vision, alors qu'il était

là, avachi sur le siège arrière à ruminer de sombres pensées.
La vie, soudain, sa futilité, son inutilité, défila. Un flash, la douleur.
Un chauffard venait de percuter le taxi, et l'envoya dans le décor...

*****

Rien, un trou noir béant, le gouffre terrible, une douleur, réfléchir, Ethan ouvrit les yeux. Il était allongé sur ce qui semblait être un lit d'hôpital miteux, dans un environnement hospitalier délabré. Que s'était-il passé? De quoi pouvait-il se souvenir?
Un médecin arriva, car oui en dépit de l'état global des locaux il y avait encore du personnel qui trouvait le courage d'y travailler. L'homme avait la quarantaine bien tassé, le teint grisâtre et maladif, celui de certains vieux hommes. Il checka le bloc-notes à la rambarde du lit, titubant de la table d'opération jusqu'à la table de chevet sans vraiment s'intéresser à son "patient". Ethan se demanda s'il était réellement réveillé, ou s'il n'était pas en

train de vivre une de ces expériences de "mort imminente". Il avait déjà vu des choses similaires tout droit sorti de séries Z, il n'y croyait pas. Le docteur Henry Sheppard était le médecin en chef de la clinique dans laquelle il avait atterri. Il prit enfin en main le dossier de son patient, rehaussant ses lunettes de grand-père un peu trop porté sur la bibine :
- Mr Ethan Hayther ? dit-il d'un air interrogateur. Un silence lui répondit, et sans se laisser démonter, il continua:
- Il semblerait Mr Ethan que vous veniez de subir plusieurs opérations dues à votre accident
- ...Accident ?! s'interrogea l'intéressé, comateux.
- Oui vous ne vous en souvenez pas? Ethan s'efforça de rassembler les pièces d'un puzzle passablement morcelé. La nuit, le Midtown Coffee... Réfléchir... Il faut se souvenir.
Il s'en efforça pendant quelques secondes qui lui semblèrent être une éternité.
Puis le docteur Sheppard reprit :
- Vous êtes à l'hôpital Henri Ford du 9ème district...

Avec difficulté dû à la sécheresse de sa
bouche, Ethan parvint à adresser le peu de
mots qu'il lui venait, au docteur, qui se
tenait là au pied de son lit, le carnet du
patient toujours en main.
- ...Combien ?? Cela fait combien de
temps doc?
- He bien mon garçon, j'ai bien peur que
vous êtes allongé ici depuis bientôt 9
 ans... Vous étiez dans le coma jusqu'à
votre réveil aujourd'hui.

*****

Neuf années, tout ce temps de perdu, un
moment, un seul instant, pour changer une
vie entière ou du moins créer un trou dans
une vie entière qui semblait si banale. Il
était allongé tant bien que mal dans son lit
d'hôpital, les pensées défilant
inexorablement dans sa tête ou du moins
ce qu'il en restait.
Neuf ans. 365 fois 9 … 3285 jours,
environ 80 000 heures de perdues. Pour
rien. Plus le temps à se remettre, la
rééducation musculaire, les séances avec
le psy, la famille, perdus de vue depuis

7

longtemps malgré tout, pas d'amis. Ethan avait perdu très jeune sa mère, ce n'est certainement pas à elle qu'il aurait manqué, ni même à son père qui suite au décès tragique de son épouse avait sombré dans l'alcool. Son père était sûrement mort quelque part, mais certainement pas en train de pleurer un fils qu'il avait renié depuis trop longtemps.
Une chose est sûre, il ne voulait pas lui ressembler ou bien même finir comme lui.

Neuf ans pour rien. Sans personne à aimer, sans personne qui l'aimerait non plus. En vie, respirant, se mouvant, s'intégrant ou se réintégrant dans un monde où il ne semblait jamais avoir eu sa place. Croyez-vous en dieu? Non, jamais. De quoi avez-vous peur? De vous... Car l'homme est dieu en ce jour, et Dieu est effrayant de pouvoir.
Ethan rencontra Lacy Trauwney le 12 octobre 2023, à 13h46 très exactement. Comment le savait-il? C'est elle, qui le lui dit lors de leurs premières entrevues.
Lacy était une droïde de type infirmière. Soit une de ces humaines à qui l'on avait

implanté une sorte de puce émotionnelle à
l'intérieur du cervelet qui contrôlait
absolument tout de ces faits et gestes. Le
monde avait changé.
Les hommes, plus que jamais, contrôlait
leur corps, leurs sentiments, leur
apparence...
L'implant Droïde.1 était capable de tout...
A fortiori, le premier implant de ce type
n'avait été créé que pour la médecine.
Délivrant des ondes particulières, et
pouvant produire des nanobots, les
implants servaient basiquement à guérir
certaines maladies à l'époque incurable
telle que les scléroses en plaques, les
paralysies partielles ou totales. Grâce à
cette technologie innovante, en effet, le
monde avait changé. Lacy était l'une des
premières à avoir bénéficié de cette
merveille... Jusqu'à ce que, 3 ans plus tard,
alors qu'Ethan était toujours au pays des
rêves, elle passait son temps à surveiller
son chevet jour et nuit surveillant le
moindre changement de son état. Elle était
prise quelque fois d'une inquiétude
étrange du probablement à sa puce interne
:

- Est cela un sentiment? Pensait-t-elle alors.

Une compassion pour ce corps inerte naissait jour après jour en elle peut-être inconsciemment mélangé à une intarissable curiosité puisqu'il s'agissait surtout du seul patient n'ayant jamais bénéficié de puce. Ethan était le premier "normaux" comme elle l'appelait mais aussi le seul qu'elle croisait dans un tel état.

Pourquoi ou comment une machine pouvait-elle ressentir ce que les hommes appellent de la compassion ?

*****

- ...Anna ? Anna ? ANNA !!!

-...Qui est Anna ? dit une voix

Ethan se réveilla en sursaut, il était toujours dans la même pièce depuis maintenant plus de deux mois. Plus il se réveillait dans cette même pièce et plus il avait l'impression de s'y habituer aussi bien à l'odeur des égouts remontant les canalisations de l'hôpital qu'aux sordides barreaux aux fenêtres, qui le laissait penser

à une prison de haute sécurité. Lacy se
tenait toujours là près de son chevet
comme si elle n'y avait jamais bougé pas
l'ombre d'un mouvement de sa part, elle
prononçait juste la même phrase : - Qui est
Anna ?

Pourquoi eut-il prononcé cet étrange
prénom dans son sommeil? Qui pouvait
bien être cette femme ? Il ne se souvenait
absolument pas, ce prénom lui semblait si
familier.
Il ne voyait qu'une certaine lueur mais
beaucoup trop sombre qui restait là
imprimé dans son esprit.
- Etiez-vous marié Mr Hayther? demanda
Lacy
- Appelez-moi Ethan s'il vous plaît. Non
je ne pense pas j'ai toujours été très
solitaire et les amis et moi ça a toujours
fait que deux. Je ne sais pas les gens ne
restent jamais bien longtemps à mes côtés.
- Pourquoi ? le questionna Lacy ne
comprenant pas très bien tout cela.
- Allez savoir je ne suis pas de bonne
compagnie sûrement dit-il sur le ton de
l'ironie

Le temps ne passait absolument pas dans
cette pièce. C'était toujours la même
chose, un cauchemar, un réveil, puis une
discussion dépourvue de la moindre
profondeur avec Lacy. Il ne pouvait
s'empêcher de fixer l'horloge indiquant
toujours la même heure 16h25 comme si
son corps ou bien son horloge interne
s'était programmée sur cette heure-ci, ce
qui avait tendance à l'inquiéter, puis il
s'efforça de ne pas y penser.
Le regard de Lacy était toujours le même,
ses yeux d'un noir profond inspiraient une
inquiétude mais il se sentait étrangement
rassuré en même temps. Elle lui semblait
belle, son prototype était l'un des plus
développé de sa génération, elle portait des
traits humains, de long cheveux, une
longue tunique blanche masquait des
formes généreuses, formes artificielles.
Elle devait mesurer environ 1m75, elle
était grande, la peau très pale, la poitrine
bien en avant sortant d'un décolleté tout
aussi artificiel. De long cheveux d'un
blond rappelant celui du blé en été dans les
champs, descendaient jusqu'à ses hanches.

Ethan ne pouvait s'empêcher de la
regarder, elle était si troublante et elle lui
faisait étrangement peur en même temps et
ce sentiment ne faisait que grandir et aller
à crescendo plus les jours passaient en sa
compagnie.

*****

15 Décembre 2023 :

La journée fut rude pour Ethan, les
douleurs empirèrent le long de son dos et
s'étendait jusque dans ses jambes. Il tenta
de se lever de son lit, il réussit, posa un
pied à terre puis l'autre. Ce fut le seul jour
ou Lacy n'était pas présente et se fut le
seul jour jusque là où un sentiment
l'envahissait. Et si tout cela n'était qu'un
rêve? Etait-il toujours dans le coma? Ou
bien était-il tout simplement mort?

Il tenta d'avancer dans la pièce, trébucha
puis tomba la tête la première, il perdit
connaissance quelque instant comme s'il
sortait de l'une de ses soirées arrosées ou
l'alcool aurait coulée à flot et où les

souvenirs s'estompaient les uns après les autres. Dans sa chute, il tenta en vain de s'agripper au chariot utilisé par les infirmières pour transporter les plateaux repas des patients mais le tout se renversa aussi sec.

Il rouvrit les yeux, se tenant toujours à même le sol. Ethan se demanda depuis combien de temps il avait pu perdre connaissance ainsi. Il tenta de se relever, il réussit mais resta un moment adossé au mur comme pour lui éviter de s'écrouler. Du sang se trouvait là où il se tenait. Ethan passa sa main dans ses cheveux, il remarqua l'endroit de la blessure juste au dessus de son crâne. Il vit sur la table des pansements laissés la sûrement par les infirmières lors de leur dernier passage quand il était toujours endormit dans son lit. Il ne s'en souvenait pas, il n'avait remarqué personne lors de son sommeil.

Il tenta à nouveau d'avancer, puis se retrouva nez à nez avec lui même, avec son reflet dans la vitre de sa chambre qui donnait sur une vue imprenable de la ville de Detroit.

Depuis combien de temps ne s'était-il pas regarder dans une glace? Il vit dans son reflet celui d'un homme amaigrit, et affaiblit par le poids du temps et de l'âge. Il était maigre, les cernes se dessinaient nettement sur son visage mais ses yeux si bleu autrefois ne reflétaient plus la même lueur, plus la même petite flamme qui en dépit des mauvais jours qu'il eu connut autrefois, était toujours et inlassablement présente. Ses cheveux châtains étaient gras, sa barbe était celle d'un homme qui aurait oublié le rasage depuis pas mal de temps.

Ethan s'était réveillé ce matin là, comme quand on se réveil d'un cauchemar terrifiant, il était en sueur et en panique.
Il se leva, enfila un jeans, des chaussettes qui étaient resté posé près du lit, un grand lit double place sur lequel était posée une robe.
_ Elle la encore oubliée...tsss se dit-t-il

Il prit son téléphone, posé à proximité du lit sur une petite table de chevet contemporaine en bois massif.
En passant, il se regarda dans la glace y voyant un beau jeune homme aux longs cheveux bruns. On voyait du premier regard qu'il s'agissait de quelqu'un de propre sur lui et de vraiment bien entretenu.

Il passa par la cuisine, prit un journal qui était posé là fraîchement du matin. On pouvait y lire en première page " Nouveau crack boursier, rien ne va plus à Wall Streets". Oui Ethan n'aimait que les journaux traitant de l'économie.

La porte s'ouvrit soudainement ;
_ C'est moi !! Dit une voix
_ Viens, je suis dans la cuisine répondit
Ethan
C'était une jeune femme dynamique qui
apparut dans la pièce encore vêtue de son
survêtement de sport. Anna était partie
courir quelques heures pendant qu'il
dormait encore et faisait la grasse matinée.

_ Les nouvelles sont bonnes j'espère ! dit-
elle en voyant le journal
_ Non pas vraiment si on peut-dire

Elle l'embrassa avant de partir elle-même
à la douche. Elle était âgée de 26 ans, lui
de 27, ils n'avaient pas une grande
différence d'âge ce qui évitait tout
jugement autour d'eux de la part des
autres, ou bien de quelques amis.

Il décida de la rejoindre sous la douche, ils
semblaient très amoureux l'un de l'autre et
quasi inséparable. Le genre de relation
fusionnelle devenu rare de nos jours.

Prit par l'enivrement des odeurs, par la
folie des corps, ils firent l'amour sous la
douche et y restèrent quelques heures
avant de finir sur leur lit et de s'y allonger.
Ethan ferma les yeux, l'esprit rêveur.

_ Anna !? Anna !?
Toujours le même rêve... Ethan se réveilla
de retour dans sa chambre d'hôpital. Rêver
lui laissait comme l'impression l'espace de
quelques heures d'être de retour à la belle
époque, et de ne pas être enfermer dans
cette chambre si lugubre.
_ Mais qui est-elle ?

Tracy était de retour auprès d'Ethan.
Ayant toujours le même air triste,
mélancolique, emprunt de curiosité à son
égard et envers le genre humain.

_ Qui êtes vous? demanda Ethan
_ Lacy bien sûr répondit-elle
_ De quoi avez-vous peur Lacy ?
_ Peur ? Hésita-t-elle
_ Peur de vous !

Ethan ne sut quoi répondre à ce qu'il venait d'entendre, bien entendu il la comprenait, lui était humain et elle, un humanoïde.

25 Décembre 2023 :

Il neigeait ce jour la sur la sombre ville de Détroit, Ethan n'était toujours pas sorti de l'hôpital mais il avait entamé une sorte de rééducation à l'aide d'automate futuriste qu'il n'aurait jamais cru pouvoir voir de sa vie un jour.
Il s'étonna qu'en neuf annécs de profond sommeil le monde avait autant évolué autour de lui et à une vitesse folle quasi inimaginable.
_ Peut-être n'est-ce là qu'un rêve issu de son coma, peut-être était-il toujours endormi ? se demanda-t-il.

On ne semblait plus fêter noël, les médecins défilaient dans les couloirs, certains androïdes passaient près d'Ethan sans même se soucier de lui qui errait dans

les couloirs sombre du Henri Ford
Hospital.
Il ne se sentait absolument pas bien, il eut
comme une impression de manquer d'air,
de suffoquer, puis plus rien, le trou noir, il
s'écroula.

*****

_ Anna... Anna... Anna..

20 Septembre 1998 :

_ Ethan ! Réveil toi, allez il est l'heure !
Cria une voix

Il se réveilla en sursaut, il venait encore de
faire le même cauchemar, il était trempé
de sueur. Il se tourna et regarda en
direction de la voix qui l'appelait
précédemment.

_ Anna ? dit-il
_ Oui mon chéri c'est moi, c'est comme ça
que je m'appelle. Répond-il t'elle
Mais que t'arrive-t-il ? C'est moi tu ne me
reconnais pas ?
_ C'est juste... C'est juste que j'ai
tellement eu peur de te perdre. Dit-il
_ Mais je suis là !
_ Je peux te poser une question ? Hésita-t-
il
_ Mais bien entendu je t'écoute
_ Est-ce que tu m'aimeras toujours ?
_Quelle question ! Répliqua-t-elle

Ethan se rallongea en poussant un long soupir de soulagement.

_ Écoute mon chéri j'ai une nouvelle à t'annoncer.

Anna profita de la situation et d'avoir enfin Ethan à sa disposition quelques minutes pour lui annoncer la nouvelle.

_ Je suis enceinte !

Ethan eut le souffle coupé, un sentiment de joie mêlée à une vive émotion s'empara de lui, il allait être père pour la première fois.
Il embrassa Anna et la serra fort dans ses bras.

1 Janvier 2024 :

Il était de retour dans son lit, il comprenait
de moins en moins ce qui lui arrivait. Le
Dr Sheppard continuait de penser qu'il
avait des symptômes post-coma et que tout
allait rentrer dans l'ordre. Et elle, ou du
moins cette "chose" qui restait en
permanence poster dans sa chambre et qui
l'observait.

 _ Je vous entends rêver Ethan... dit
soudainement Lacy
 _ Qui est Anna ? demanda-t-elle

 _ Ma femme.. répondit-il

 _ Où est-elle maintenant ? demanda Lacy

 _ Je ne me souviens pas vraiment, mes
souvenirs sont confus... J'imagine qu'elle
doit être en train de refaire sa vie ailleurs
ou bien qu'elle m'a déjà oubliée.

_ En êtes-vous sûr ? Pourquoi vous aurait
elle oubliée ? Je ne saisis pas très bien le
sens

_ Tsss tu n'es qu'un robot comment
pourrais-tu me comprendre ?
Ethan ne semblait pas prêt à révéler à un
robot ce qui le tracassait au plus profond
de lui.
Le genre de sentiment qu'on veut garder
pour soi, un sentiment de culpabilité
intense.

Ethan dormait encore, d'un sommeil profond. Lacy se tenait là à côté de lui, elle le regardait encore et encore puis se leva et se dirigea à la tête du lit de son "patient" Elle passa sa main dans les cheveux d'Ethan, puis lui posa un baiser sur le front.
Peut-être passait-elle trop de temps à ses côtés ?

Un frisson parcouru le dos d'Ethan, il ouvrit les yeux, le matin semblait s'être levé puisque la lumière peinait à traverser l'épaisse couche de nuage qui flottait au dessus de la ville encore endormit.

Il se leva, et retourna errer dans les couloirs de l'hôpital encore et encore et de plus en plus loin. C'était comme si petit à petit il essayait de partir de cet endroit mais à chaque fois ses forces le perdaient en route. Mais plus les jours passaient et plus il eut l'impression que cet endroit se dégradait.

Plus il avançait et plus son visage lui
apparaissait, celui de cette femme qu'il
croisait dans tous ses rêves. Pour lui il
s'agissait de la retrouver à tout prix.
Il y était presque, l'ascenseur semblait à
porter de main.
_ Encore quelques mètres. Se disait-il à
voix basse.

Il eut presque atteint son but quand
soudain il heurta dans son passage le Dr
Sheppard en personne.

_ Mais où allez-vous comme ça Mr
Hayther ! dit-il d'un ton menaçant et
interrogateur
_ Je.. Je dois la retrouver ! dit-il en
hésitant

_ Mais retrouvez qui ?! demanda le
docteur
_ Vous n'êtes pas encore prêt à partir,
vous devez retourner tout de suite dans
votre chambre et vous n'en bougerez pas
tant que je ne vous l'aurai pas autorisé !

_ Non ! cria Ethan

_ Je dois absoliment la retrouver ! Elle
m'attend.

Ethan semblait être pris d'une rare colère
il semblait prêt à tout pour retrouver celle
qui le hantait depuis tout ce temps.

Il poussa violemment le médecin contre le
mur du couloir celui-ci tituba.

Ethan se dépêcha de courir vers
l'ascenseur qui était si près, il réussit à
l'ouvrir.

_40 étages !? s'interrogea-t-il

Il opta bien entendu pour le rez de
chaussée.

Les étages défilaient, encore et encore. Il
ne s'agissait plus de ces ascenseurs de
l'époque qui mettaient un temps fou pour
passer d'un étage à l'autre. Celui-ci était
vitré et donnait sur une vue imprenable de
l'intérieur du bâtiment.

On pouvait notamment y voir les défilés
de patients et médecins qui se succédaient

les uns les autres dans des couloirs
immenses.
Ce jour là l'hôpital était bondé. Ethan ne
se souvenait pas y avoir vu autant de
monde. Comme s'il s'était passé un
événement important, une épidémie.

L'ascenseur s'ouvrit, il franchit les portes
quand tout d'un coup il reçut un violent
coup dans le ventre puis sur la tête, ce qui
lui coupa net le souffle et le fit s'écrouler.
Il y était presque...

*****

Lacy n'était pas présente ce jour-là ce qui
étonna Ethan quand il se réveilla. Suite à
son excès de violence du matin, on lui
avait administré une bonne dose de sédatif
pour le calmer et le contrôler davantage.

Ethan croisa l'infirmière de garde, Oui il y
avait encore des infirmières de garde
malgré les fortes avancées technologique.

_ Où est-elle s'il vous plaît ? demanda-t-il
encore sonné.

_ Qui donc ? S'interrogea l'infirmière

Ethan lui montra du doigt le siège à côté
de son lit où était tout le temps assis
l'humanoïde.

_ Oh Lacy ? dit-elle
Nous l'avons transférée au bloc pour la
journée, on doit lui effectuer une
vérification de son circuit.

_ Une vérification ? S'interrogea Ethan

_ Oui ! Chaque humanoïde doté d'un
minimum d'intelligence doit passer au
bloc pour qu'on lui vérifie ses circuits afin
de s'assurer que celui-ci ne deviendra
jamais autonome au point de prendre un
jour la place de l'homme dans la société.

_ Et en cas de défaillance ? demanda
Ethan

_ Dans le cas d'une défaillance celui-ci est
tout simplement effacé puis formaté. En
d'autres termes l'humanoïde qui voudrait
prendre la place de l'homme se verrait ni

plus ni moins effacé il ne resterait aucune
trace du moindre souvenir dans celui-ci.
Ethan ne savait plus quoi penser de tout
cela car il éprouvait une certaine
compassion pour Lacy surtout lorsqu'elle
lui jetait son regard interrogateur emplit
d'émotion.

Les heures passaient et elle n'était toujours
pas revenue de son examen. Il
s'impatientait et faisait les cent pas dans sa
chambre. Les minutes était longue on
pouvait clairement entendre le tic-tac de
l'horloge de la pièce. La porte s'ouvrit
soudainement laissant place au Dr
Sheppard. Celui-ci semblait légèrement
amoché dût à leur petite altercation
puisqu'il se tenait péniblement l'épaule
gauche, celle qui avait heurté violemment
le sol.

_ Lacy ne reviendra pas aujourd'hui dit-il
d'une voix grave
_ Comment ça ? demanda Ethan
_ Elle semblerait être défectueuse mais
nous ne trouvons pas l'origine du
problème. Normalement un humanoïde de

son niveau ne devrait pas poser de
problème mais c'est comme s'il se passait
quelque chose dans sa tête qui nous
échappe totalement.

_ Pourrais-je la revoir bientôt ? dit Ethan
_ Probablement ! répondit Sheppard
Mais pour l'heure je viens vous annoncer
d'autres nouvelles. Vos examens sont
préoccupants, après tout vous sortez de
neuf longues années de coma. Vos
analyses sanguines révèlent un fort taux de
vos lymphocytes et un manque de sucre.

_ En d'autres termes ? le questionna Ethan

_ En d'autres termes vous allez passer
encore un bon moment parmi nous Mr
Hayther

_ Tss ! Soupira Ethan

Le docteur prit le soin d'effectuer une
injection à son patient. Une sorte de
liquide jaune pipi était contenu dans la
seringue et l'aiguille lui semblait énorme.

Ethan n'aimait vraiment pas les piqûres ce n'est pas qu'il était douillé mais la sensation procuré par le transpercement de la peau par la seringue lui était horrible. Il ferma les yeux pour ne pas y penser, le docteur lui désinfecta le bras puis lui planta l'aiguille. Ethan sentit nettement l'aiguille cette fois-ci ce qui n'était pas pour le rassurer quant aux prochaines injections qu'il recevrait.

_ Nous allons procéder à d'autres analyses, je vous ai fait une injection de béryllium anudose un médicament qui fait des prouesses en ce moment, il contribuera à réguler votre taux de sucre mais d'autres analyses nous permettront de dire d'où provient le fort taux de lymphocytes.

Le docteur quitta enfin la chambre d'Ethan. Plus les jours passaient et plus il en avait marre de le voir et de l'entendre parler. Sa seule inquiétude était de savoir s'il reverrait Lacy un jour. Il ne le savait probablement pas encore mais petit à petit il s'attachait à elle.

28 Septembre 1998 :

 Anna venait de fêter ses 28 ans, cette jolie brune aux cheveux mi long qui lui allait environ jusqu'aux épaules, était devenu au fil de ses longues études et au fil des années une brillante chercheuse ayant travaillé sur beaucoup de projets dont certains qu'elle qualifiait de "top secret" lorsqu' Ethan tentait de la questionner sur sa journée ou sur ses projets en cours.

Souvent cela finissait dans des discordes et très fréquemment des tensions au sein de leur couple étaient palpables à cause de son métier mais aussi à cause de lui-même, traînant dans les bars de Detroit, souvent les week-ends.
Ethan rentrait tard, très tard, l'haleine sentant encore comme celle d'un homme ayant passé la soirée entière la bouteille à la main.

Mais malgré cela, malgré la boisson, la fatigue et l'ivresse, quand Ethan rentrait chez lui, il faisait toujours le même rituel.

Il rentrait à la même heure chaque soir, il était 2h du matin passé. Bien sûr, Anna dormait déjà. Ethan la rejoignait toujours dans leur chambre, encore tout habillé, il ne prenait la peine que d'enlever ses chaussures. Puis, assit sur le bord du lit, il prenait le temps de la contempler, elle si douce, elle était une de ses femmes assez grande, mince et brune aux courbes dessinées comme celles des mannequins qu'on trouve dans les magasines ou sur des podiums de mode. Mais Anna n'était pas ce genre de femme, elle prétendait à autre chose car elle se savait intelligente et elle avait toujours rêvée de pouvoir exploiter et approfondir ses connaissances.
Chaque fois qu'Ethan la regardait, ce n'était pas n'importe quel regard qu'il lui lançait. C'était comme si demain était la dernière fois qu'il la voyait et il ne pouvait ni supporter cette idée ni lui en parler.

La rééducation et les longues heures à
errer dans les couloirs de l'hôpital rendait
de plus en plus nerveux Ethan qui suite à
son altercation avec Sheppard quelques
mois plus tôt, a été mis sous traitement.

En plus de sa rééducation il s'était
dorénavant vu attribué un psychologue
attitré.
Celui-ci demandait à Ethan de venir pour
des séances de quarante cinq minutes, qui
semblait longues et interminables.
Le psychologue, le Dr Strauss, que devait
voir Ethan était un homme âgé d'une
cinquantaine d'année. Celui-ci avait fait de
longues études avant de pouvoir exercer le
métier qui le passionnait tant.
Le Dr Strauss était bien plus grand et plus
imposant qu'Ethan. Il le fit entrer dans la
pièce et le fit s'asseoir dans un canapé en
cuir noir. Celui-ci était bien plus
confortable que ce qu'avait connu Ethan
jusque là.

Dans cette petite pièce on pouvait y sentir
de l'encens. Il n'était pas habitué non plus
à ce genre d'odeur mais il trouva ça
apaisant et agréable.

_ Bien, je vois que vous êtes à votre aise
M. Hayther, commençons ! dit Strauss
Parlez moi de vous et de ce qui selon vous,
vous amène ici devant moi.
_ Eh bien, je suppose que je deviens fou !
Ironisa Ethan.

Le Dr Strauss le rappela à l'ordre :

_ Allons allons M. Hayther restez
concentré !

Ethan pris sa tête entre ses mains puis
commença à raconter son histoire au
psychologue ou du moins les bribes de
souvenirs qui venaient le hanter chaque
nuit.

_ Vous connaissez une partie de mon
histoire doc mais je ne me souviens plus
du reste...dit Ethan

_ Le reste ? Repris Strauss

_ Oui ! Ce visage, son visage me revient
sans cesse... murmura Ethan
Mais je ne sais pas pourquoi.

_ Pouvez-vous me la décrire? Car je
suppose qu'il s'agit là d'une femme non?
Questionna Strauss
_ Hum, voyons, je ne peux voir que son
visage mais celui-ci semble si jeune...

_ Fermez les yeux et concentrez-vous

Ethan s'exécuta, ferma les yeux et écouta
la voix du docteur le guider.

_ Je vais compter jusqu'à dix, et à dix
vous entrerez dans un profond sommeil,
un, deux, trois, quatre,…, dix.

Ethan parti dans un profond sommeil
comme annoncé préalablement par le
psychologue.

_ Que voyez-vous M. Hayther ?

_ Je suis dans une grande pièce, le soleil
tape dehors, il y un arbre dans la cour mais
plein de feuilles mortes, je crois que nous
sommes en automne.
_ Continuez !
_ On dirait comme une cuisine, oui c'est
ça ! Je vois le frigo, le mobilier.

Ethan s'arrêta net de parler, ce qui inquiéta
Strauss.

_Qu'il y a t'il M. Hayther ?

Ethan reprit :

_ Hum, rien, il y a une photo de moi ici
posée dans le salon sur le meuble à côté
d'une grande télé. Je suppose qu'il s'agit
de mon chez moi...

Sur la photo on pouvait y distinguer Ethan,
accompagné d'une jeune femme brune qui
semblait avoir presque le même âge.

Soudain, un bruit de pas se fît entendre à
l'étage juste au dessus de là où se tenait
Ethan.

_ Doc, je peux entendre un bruit venant de l'étage.

Ethan se dirigea à l'étage sans réellement savoir ce qu'il allait y retrouver. Il alla dans la première pièce se tenant à sa gauche qui était situé juste à côté d'une petite salle de bain. Il y aperçut des tas de produits de beauté encore mis en désordre sur le rebord de l'évier. Le genre de produits de beauté qu'un homme ne pouvait pas posséder : démaquillant, mascara, lait pour le corps...

_ Une femme vit ici.

Ethan continua dans la pièce à gauche de la salle de bain. Il y avait là un grand lit, les draps encore défait mais encore occupé.
Ethan s'approcha doucement à hauteur de la personne occupant le lit, son lit. Il y reconnu la femme aperçut quelques minutes avant sur la photo du salon.
Elle ouvrit les yeux, comme lorsqu'on croit sentir une présence près de soi

lorsqu'on est endormit. Puis, voyant son regard, voyant ses yeux, le souvenir de cette femme lui revint à l'esprit et le frappa de plein fouet.

Strauss remarqua qu'Ethan ne parlait plus depuis quelques minutes, et que son corps bougeait de plus en plus, il tremblait. Il était en train de faire une crise dût à la thérapie. Strauss avait l'habitude car cela arrivait fréquemment lors de ce genre de séance.

_M. Hayther je vais compter jusque trois et vous allez vous réveillez au son de ma voix !
Un ! Deux ! Trois ! Réveillez-vous !

Petit à petit Ethan ouvrit les yeux mais il mit quelques instants pour reprendre ses esprits.
_ Que s'est-il passé M.Hayther ?

_ Ethan, réveille-toi ! dit une voix
Allez debout !
Ethan se réveilla, Anna se tenait devant lui
déjà habillé et prête à partir.

_ Tu vas où comme ça ? répondit Ethan

_ Ne me dit pas que tu as déjà oublié cette
journée ?! dit Anna
Nous avons rendez-vous au Henri Ford
pour mes examens et surtout pour
l'échographie !

Anna semblait déçue de l'attitude de son
compagnon mais ne perdait pas espoir
pour que celui-ci change de comportement
puisqu'en ce jour ils allaient savoir s'ils
allaient être les heureux parents d'une
petite fille ou d'un petit garçon.

Bien sûr Ethan était le genre d'homme qui
préférait avoir comme premier enfant un
garçon, question de tradition familiale
auquel Anna ne croyait pas.

Elle savait très bien que même s'ils
avaient comme premier enfant une fille, ils
seraient les parents les plus heureux du
monde.

Il s'habilla vite fait, pris des chaussettes,
un vieux jeans, une chemise. Il ne prit pas
la peine de toucher aux croissants frais
ramené par sa belle quelques minutes plus
tôt.
Ils prirent la route ensemble puis prirent la
direction du Henri Ford dans le 9ème
district.
Le trajet n'était pas très long car ils
habitaient à une dizaine de kilomètres de
l'hôpital.

Arrivé à l'hôpital, ils furent tous les deux
impressionnés par l'immensité des locaux.
Les plafonds étaient très haut, pour ainsi
dire il n'y avait pas vraiment de plafond
puisqu'on apercevait les différents étages
et l'immense bais vitré menant aux
ascenseurs.
Ils se dirigèrent vers l'accueil puis vers les
ascenseurs pour enfin rejoindre l'étage des
radios et des échographies.

Le médecin qui les accueilli était le Dr.
Matthews, une femme médecin. Elle
sembla très jeune à Ethan puisqu'elle
paraissait avoir leurs âges. C'était une
femme pas très grande, blonde aux yeux
bleus, aux cheveux mi-longs en carré
plongeant et qui était très souriante.

Le Docteur installa Anna dans une petite
pièce qui semblait être refaite depuis peu.
Elle s'installa près d'Anna qui était
allongée, lui demanda de bien vouloir
soulever son pull afin de dégager son
ventre.
Elle y appliqua un gel qui fit frissonner
Anna car il était très froid au contact de la
peau.

_ C'est pour mieux glisser sur votre ventre
avec l'appareil à échographie, dit le
docteur.

On pouvait à peine entendre le bruit fait
par le cœur du bébé dans le ventre d'Anna
car en effet elle n'était qu'à trois mois de
grossesse.

_ Vous entendez ce bruit ? demanda le docteur Matthews

Pour la première fois depuis qu'ils sont ensemble, Anna ne reconnu pas l'expression du visage d'Ethan. On pouvait y lire une réelle joie quasi indescriptible mais elle pût apercevoir les yeux pleins de larmes de son compagnon. Lui apercevait celle qu'il a toujours aimé plus que tout au monde, sourire. Tous les deux respiraient le bonheur.

_ J'imagine que vous voulez connaître le sexe du bébé ? demanda le docteur

_ Oui ! répondirent en cœur les deux amoureux

Le docteur prît quelques minutes pour annoncer la nouvelle aux deux tourtereaux. Ces minutes leur semblèrent interminable, ils étaient impatient de connaître la nouvelle.

_ Hé bien, il semblerait là que nous avons
une petite fille ! dit le docteur

Ethan eut le souffle coupé ainsi qu'Anna.
Les deux étaient vraiment heureux
d'apprendre la nouvelle, même lui qui
voulait un petit garçon l'était.

Le rendez-vous avait tout de même duré
plus de deux heures. Ils quittèrent l'hôpital
l'esprit léger mais la tête pleine de
nouveaux projets.

Dans la voiture, tous les deux entamèrent
un long sujet de conversation sur le choix
du prénom de leur enfant.

_ Tricha ! dit Anna
_ Tricha ? Tricheuse aussi hein pendant
que tu y es ! dit Ethan

_ Hélise ! Dit Ethan
_ Hum ça sonne bien mais dans ce cas je
préférerais Élisa ; répliqua Anna

_ Dans ce cas pourquoi pas Lilas ?

_ Non ça va pas, imagine là à l'école la
pauvre on l'embêterait avec les fleurs ! dit
Anna

Anna et Ethan s'arrêtèrent de parler
quelques secondes comme pour réfléchir
tranquillement à un beau prénom.

_ June ! dit soudainement Anna
_ Hum, laisse-moi y réfléchir s'il te plaît
Anna
_ June, ça sonne plutôt bien ça June
Hayther, pensa à voix haute Ethan

_ Alors ça sera June, notre fille s'appellera
June ! dit-il en souriant

Ethan se levait de plus en plus tôt, chaque nuit il faisait le même rêve, puis chaque nuit, ce même visage lui apparaissait. Qui était-elle?
Il se dirigea comme lors d'une sorte de rituel, vers la salle de bain de sa chambre d'hôpital.
Il se regarda dans la glace, il y distingua son reflet, celui d'un homme affaibli, par le poids des années, celui d'un homme amaigrit. Il put sentir ses côtes en palpant son abdomen juste à l'endroit où se trouvait sa cicatrice, celle de son accident.
_ Je ne dois pas perdre espoir..se dit-il à voix haute
Il était pris d'une certaine motivation, celle de retrouver sa femme qui l'avait probablement déjà oublié mais aussi de retrouver sa fille car oui il en était convaincu, ses seuls souvenirs étaient ceux de sa famille, lui qui se croyait si seul.

Il sortit de sa chambre et se dirigea en rééducation car il ne pouvait pas être

47

rétablit aussi vite mais le temps était compté.

Les exercices lui semblaient de plus en plus durs et compliqués à supporter, ses muscles brûlaient dans son corps tout entier, il essayait de ne pas penser à la douleur car il devait être prêt à retrouver son épouse et sa fille.

Il fût raccompagner ensuite par une sorte de droïde infirmier qu'il n'avait jamais vu auparavant. Celui-ci était dépourvu de visage, comme si lors de sa conception cela aurait été bâclé volontairement.
Il était néanmoins bien imposant et Ethan sut d'instinct qu'il ne fallait pas se mesurer au droïde s'il venait à s'enfuir de l'hôpital.

Arrivé dans sa chambre, il fut surpris d'y revoir Lacy, qui était de retour pour veiller sur lui.

_ Lacy ? Interrogea Ethan
_ Je suis Lacy 2.0 pour vous servir ! Dit-elle

Sa voix lui semblait différente de
d'habitude. Quelque chose ne tournait pas
rond. Elle avait une voix sonnant
davantage comme un robot et non plus
celle de la femme "douce" qu'avait perçue
Ethan.

_ Hé merde ! Qu'est-ce qu'ils t'ont fait
Lacy ? Interrogea Ethan
Le regard de Lacy était complètement
vide, il n'y avait plus cette expression de
sentiment humain dans ses yeux.

_ Vous devez vous reposez Mr Hayther !
dit-elle

Ethan ne s'exécuta pas tout de suite car
voir son "amie" dans cet état l'inquiétait
mais l'étonnait en même temps. Pourquoi
effacer la mémoire de l'androïde et à quels
fins ??

Ethan ne le savait pas encore mais les
réponses à ses questions ne tarderaient pas
à venir.

30 Mai 2024 :

Ethan dormit plus longtemps que
d'habitude dans sa chambre d'hôpital, il
ouvrit les yeux et fut surpris de retrouver
Lacy assise au même endroit que
d'habitude au pied du lit et elle le fixait
sans relâche.

_ Me regardez pas comme ça à peine levé
s'il vous plaît c'est presque gênant ! dit
Ethan en grommelant

_ Je vous regarde dormir car je suis là pour
veiller sur vous, telle est ma mission Mr
Hayther ! dit-elle

_ Tsss ! Trêve de Mr Hayther et de blabla
appelez-moi Ethan s'il vous plaît !

_ Comme vous voulez Mr Hayther ! dit-
elle comme quand on a du mal à perdre
une sale habitude

Ethan se leva, s'habilla et sorti de la
chambre en prenant Lacy par la main.

_ Viens avec moi je voudrais te montrer quelque chose ! dit-il

Depuis quelques jours maintenant Ethan trainait souvent en sortant de sa chambre près du service des maternités et il pouvait rester des heures près des couveuses où étaient entreposés tous les nouveaux nés ou les prématurés.
Il y avait toujours une impression de manque, comme s'il se souvenait petit à petit d'un manque provenant au fin fond de lui. Il lui manquait assurément quelque chose, une part de lui.
Se souvenait-il enfin qu'il était père ? bien sûr il en rêvait la nuit. Dans ses rêves il voyait ce qui lui semblait être sa fille et l'impression d'être père mais une fois revenu à la réalité il finissait par se dire qu'il l'avait rêvé.

_ Tu es intrigué par les humains Lacy pas vrai ? Tu veux savoir ce qui nous rend si particulier nous autres les humains ? Alors regarde à travers cette vitre et tu comprendras peut-être !

Lacy regarda stupéfaite mais ne semblait
pas bien comprendre ce qu'elle devait
regarder et ce qu'elle devait en conclure.
_ Ce ne sont que des enfants en couveuses
! dit-elle

_ Les enfants sont le fruit de l'amour des
hommes et femmes de ce monde, ce qui
nous rend si spécial c'est que nous
pouvons donner la vie ! Ce qui nous rend
spécial c'est que nous pouvons éprouver
des sentiments et aussi aimer tout
simplement ! ajouta Ethan

Lacy ne décollait plus de la vitre de la
maternité elle était intriguée par ce qu'il
s'y passait et ce qu'elle pouvait y voir.

_ Ça te plaît ? dit Ethan
Avant qu'il eut finit même de parler il
constata avec stupéfaction en regardant de
profil l'androïde, une sorte de liquide qui
lui coulait sous les yeux. Il ne pensa pas
tout de suite qu'elle put être capable de
pleurer mais c'était pourtant le cas.

Mais pourquoi pleurait-elle ? Elle n'était
qu'un robot dernière génération, rien de
plus.
Cela n'avait aucun sens selon lui.

La journée passa rapidement, le soir venu
le Dr Sheppard passa voir Ethan pour lui
annoncer quelques nouvelles.
_ J'ai quelques bonnes nouvelles à vous
annoncer ! dit le Dr Sheppard
_ De quoi s'agit-il ? interrogea Ethan
_ Vos examens ne révèlent rien d'anormal,
vos radios sont bonnes et il ne vous reste
qu'un peu de rééducation à faire puis vous
pourrez rentrer chez vous car tout semble
être en ordre. On ne vous gardera pas plus
longtemps. C'est pourquoi vous allez être
transféré en attendant dans une autre aile
du bâtiment. Lacy vous montrera le
chemin et vous accompagnera.

2ème partie : Renaissance…

Cela faisait maintenant quelques temps qu'Ethan se sentait comme prisonnier de ces murs. On l'avait transféré depuis six mois dans une nouvelle chambre, une nouvelle section de l'hôpital dont les travaux étaient tout juste terminés.
Ça sentait la peinture fraîche, mais Ethan trouvait sa chambre encore plus glauque que la précédente, les murs étaient blancs, d'un blanc pure, mais il n'y avait rien d'autre que cette couleur qui s'étalait sur l'ensemble de la pièce. Pas de fenêtre cette fois-ci, aucun moyen de communiquer vers l'extérieur d'une quelconque manière ni même aucun moyen de percevoir la lumière du jour.
Il ne s'y sentait absolument pas à l'aise. Malheureusement les séances de rééducation étaient de plus en plus intenses et Lacy était absente depuis maintenant bien trop longtemps aux yeux d'Ethan qui était de plus en plus inquiet pour elle.

Cela faisait maintenant trois mois qu'il n'avait plus eu de ses nouvelles. Cela lui était déjà arrivé auparavant mais cette absence là était bien plus longue que d'ordinaire.
Lorsqu'Ethan en avait l'occasion, lorsqu'il sortait d'une séance de rééducation entre autre il en profitait généralement pour demander de ses nouvelles aux docteurs qu'il croisait dans les couloirs mais rien, il n'en avait pas la moindre, ce qui l'inquiétait de plus en plus jusqu'à ce fameux soir…

_ M Hayther ! M Hayther !
Une voix le réveilla de son sommeil. Il faisait une nuit sombre, il ouvrit les yeux et remarqua qu'il n'y avait plus la moindre trace de lumière, la chambre était plongée dans l'obscurité totale.
Il vit une silhouette se tenant au pied de son lit mais il la distinguait à peine et très mal. Etait-il en train de rêver ?
_ Suivez-moi ! Dépêchez-vous, nous avons peu de temps ! Lui criait la voix

Il finit par distinguer la forme d'une
fillette, il ne la reconnaissait pas, elle était
brune, de long cheveux qui lui arrivait
jusqu'en bas des épaules.
Elle se tenait là près de son lit et le
regardait fixement, attendant une réaction
de sa part. Il avait du mal à réagir ce qui
énerva de plus bel la fillette.

_ Quel est ton nom ? demanda Ethan
_ Pas le temps pour ça ! répliqua-t-elle
_ Vous devez me suivre !

Ethan s'exécuta, ils entrèrent tous les deux
dans le couloir de l'hôpital,
Il remarqua que toutes les lumières avaient
sautées comme si quelqu'un avait coupé le
courant intentionnellement. C'était la
première fois qu'il vit ça ici.

_ Qu'est ce qu'il se passe ici ? demanda-t-
il ?
_ Vous n'avez pas votre place ici ! dit-elle
_ Comment ça ?
_ Si vous restez plus longtemps ici, vous
serez en grand danger !

Ethan était de plus en plus inquiet.
Ils arrivèrent à l'ascenseur de l'étage où ils
se trouvaient.

_ Je dois vous montrer quelque chose mais
vous devez me promettre de me suivre
sans poser de questions ! dit la fillette.

Ils prirent le niveau -3 sur l'ascenseur.
Ethan ne pensait pas qu'il y avait autant de
sous-sol dans cet hôpital qui devenait de
plus en plus mystérieux.
L'ascenseur descendait encore et encore,
les étages défilaient, cela lui semblait long,
très long jusqu'au moment où il stoppa
net.
Niveau -3, que pouvez-t-il y avoir de si
important à cet étage pour qu'il soit amené
à se trouver là, lui le simple patient
revenant d'un long coma.

Ils arrivèrent parmi de longs couloirs
étroits, les murs étaient d'un gris très
sombres et plutôt vieillot.
Quelques tâches étaient parsemées par ci
par là sur ces longs murs gris et étroits.

Au bout du couloir, cela ressemblait à des laboratoires, de longues baies vitrées remplaçaient les murs, on ne pouvait distinguer le fond de la pièce.
La fillette pris la main d'Ethan et pris les devants.
_ Par ici ! cria-t-elle sur Ethan.

Il faisait très sombre, seul la lumière des issus de secours était resté allumée dans cette portion de l'hôpital.

Ethan se stoppa net en passant devant une baie vitrée, au dessus on pouvait y lire :
« expérience numéro 24 »

Une sorte de long brancard était au milieu de la pièce avec à chaque extrémités de celui-ci des sangles pour les poignets et pour les chevilles. De longues seringues étaient sur un établi, posées un peu plus loin, le même genre qu'on utilise sur des animaux.
De même, il y avait également des étagères où beaucoup de comprimés, probablement des anesthésiants ou bien

même des produits stupéfiants étaient
entreposés.

Un frisson parcourut Ethan, il franchit le
seuil de la porte menant à cette pièce.
Il s'approcha de la table d'opération, frôla
de sa main les contours de celle-ci comme
s'il cherchait là à se souvenir de quelque
chose en particulier mais en vain.
Il eut tout d'un coup en touchant les
sangles de celle-ci comme une sorte de
flash-back. Il s'y vit paniquant, des
silhouettes se rapprochant de lui toutes
portant un masque de chirurgien, toute le
fixant droit dans les yeux.
On le tenait, il ne pouvait plus bouger, il
était figé de peur.
Il criait, encore et encore..

Il revint à lui l'espace de quelques
secondes.

_ Quel est cette endroit ? se demanda-t-il à
voix haute.

_ Tu ne te souviens vraiment de rien ? dit
la fillette.

Elle avait disparu auparavant l'espace de
quelques instants lorsqu'Ethan eut
approché cette pièce.

_ Non ! C'est comme si certains souvenirs
tentaient de refaire surface. Mais je n'ai
pas l'impression qu'il s'agisse des miens.

_ Ce sont bien les tiens ! répondit-elle

Ethan était figé, un autre frisson lui
parcourut le long du dos.
_ Tu n'es pas sérieuse ? dit-il
_ Oh que si !
_ Mais qui est-tu ?? demanda-t-il

_ Ce n'est pas encore l'heure pour toi de le
savoir… répondit la fillette

Ils continuèrent leur avancer dans ce qui
semblait être un véritable laboratoire
expérimental caché aux yeux de tous dans
cet hôpital.

_ Nous y sommes presque, encore
quelques mètres, j'aurais besoin que tu

gardes à partir d'ici un silence absolu ! dit
la fillette

_ Mais pourquoi ? demanda Ethan

La porte s'ouvrit.

_ Chut !!! Regarde et tais-toi ! dit la fillette

Ils se trouvèrent sur une sorte de passerelle
suspendu se tenant au dessus d'un vaste
« précipice » mais il put distinguer des
centaines de silhouette toutes en blouse
blanche bougeant au fond de ce vaste
étendu comme des fourmis dans une
fourmilière.

Ils avancèrent discrètement puis se
cachèrent dans un coin près de cartons
entreposés là. Ils observèrent les vas et
vient de ces individus.
Il devait y avoir là au moins une centaine
de scientifique tous en blouse et bougeant
dans tous les sens dans cette vaste pièce.
Que faisaient-t-ils là ? se demandait Ethan.

Une voix se mit à résonner dans
l'interphone.
« Début de l'opération, expérience 42 en
cours » « Faites entrer les sujets ! »

Ethan observait la scène stupéfait.
Des gens tout à fait ordinaire entrèrent
dans la vaste pièce. Ils étaient tous vêtus
d'une combinaison jaune soleil et étaient
tous numérotés dans le dos de chiffres
allant de 25 à 42. Pourquoi cette série de
chiffres ? Ethan ne se posait pas vraiment
la question, il se contenta de continuer ses
observations.
Il ne distinguait pas très bien ce qui se
passait. La fillette lui suggéra de se
rapprocher mais pour cela il fallait
descendre.
Ils prirent l'escalier le plus proche d'eux,
et petit à petit ils se rapprochèrent de la
scène.
_ Numéro 25 ! Approchez ! dit une voix
grave. Cette voix semblait modifiée
comme pour ne pas être reconnu par le
sujet.

Le numéro 25 s'approchait du scientifique.
Celui-ci tenait une sorte de fer dans la
main. Il le prit et ouvrit une trappe à côté
de lui dans lequel on pouvait y distinguer
une sorte de liquide. C'était de la fonte en
fusion.
Il trempa le fer dedans puis le ressortit
rouge écarlate.

Numéro 25 tremblait, il le supplia.
_ Non !! Non !! S'il vous plaît laissez-
moi ! Je ne dirais rien ! Je n'ai rien vu, je
n'ai rien entendu ! Non !!!!
Le scientifique prit le fer et l'appliqua sur
la poitrine du numéro 25 qui criait de tout
ce qu'il pouvait.
Son cri glaça le sang d'Ethan qui était en
sueur tellement le stress montait de plus en
plus en lui.

_ Numéro 26 ! Approchez !

Le scientifique continua le marquage des
« patients / prisonniers »
Ethan ne comprenait pas se qu'il se passait
ici mais une chose était sûr, il devait en
avoir le cœur net.

Il sortit de sa cachette discrètement et se
dirigea quelques mètres plus loin près
d'une autre « expérience en cours »

Les patients qui avaient reçus le marquage
préalablement étaient ensuite dirigés dans
une autre salle.
Dans celle-ci on les attachait à la table
d'opération.
Celle-ci était ensuite redressée puis un
scientifique s'approcha du patient.

_ Numéro 42 ? C'est bien cela ? dit-il

L'homme se tenant devant le patient
rappelait étrangement quelqu'un à Ethan.
L'homme avait la quarantaine bien tassé,
le teint grisâtre et maladif, celui de
certains vieux hommes.
Il n'arrivait pas à se rappeler à qui était se
visage qui lui semblait si familier.
 L'homme n'arrêtait pas de bouger devant
le patient, Ethan distinguait à peine ce
qu'il disait il entendit juste ces mots
« Numéro 42 ? »

Il faisait trop sombre pour qu'Ethan puisse
voir correctement l'homme en question.

Il sangla le patient à la table, vérifia ses
liens.
_ Bien nous pouvons commencer ! dit-il

Il se dirigea vers une sorte de grande
armoire à pharmacie dans lequel était
entreposés différente taille de seringues.
Il l'ouvrit et en sortit une grosse, on aurait
dit le genre de seringue utilisée pour les
animaux, voir même pour les ours.
Il prit quelques fioles dont Ethan
distinguait à peine la couleur. Il perça le
haut des fioles avec la seringue pour y
récupérer la substance qui s'y trouvait.
Celle-ci était d'une couleur pourpre, du
moins c'est ce qu'Ethan pouvait distinguer
de là où il se tenait.
Il remplit la seringue et se dirigea vers le
patient qui se mit à gigoter dans tous les
sens.
Lui aussi se mit à crier mais avant même
qu'il ne put dire quoi que se soit, le
scientifique lui mit la main devant sa
bouche comme pour l'étouffer.

Il prit le bras du patient et lui injecta la
dose.
Le patient se mit à convulser, une sorte de
mousse blanche sortait de sa bouche, son
corps tremblait de tous ses membres.

Ethan eut la même sensation que dans la
pièce portant le numéro « 24 »
Il ressentit un malaise, une sorte
d'évanouissement. Il résistait pour ne pas
s'écrouler, il regarda autour de lui et vit la
fillette debout à côté de lui mais visible de
tout le monde. Elle le regarda fixement
puis lui dit : « As-tu compris
maintenant ? »

Ethan ne résista pas il s'écroula, il tomba
la tête la première et sa tempe heurta le
sol.
Ses yeux s'ouvrirent à peine, mais la
fillette ne semblait ne plus être là.
Qui était-elle ? Elle avait disparut mais il
distingua des pieds se rapprocher de lui.
Il s'agissait plus précisément de
chaussures noires assez classe comme
celle portaient par des hommes d'affaires.

Elles étaient noires, et cirées depuis peu.

L'homme se rapprocha d'Ethan qui gisait
agonisant au sol.
Il ricana et Ethan perdit connaissance.

" Tic tac, tic tac..."

Une horloge, un tic tac permanent, c'est
tout ce qu'on pouvait entendre dans la
pièce. Pas un bruit, juste un tic tac ainsi
qu'un léger cliquetis provenant d'un
robinet à proximité.
Rien ni personne ne semblait être dans
cette pièce si ce n'est Ethan qui était
allongé à même le sol.
Il s'agissait d'une pièce à peine plus
grande qu'une simple cellule de prison
 elle devait mesurer environ 10m², tout
juste assez de place pour contenir Ethan
lui même.

Il ouvrit les yeux, puis fut pris d'une toux
soudaine assez violente qui le fit se
crisper de tout son corps.
Il reprit ses esprits, s'assit les jambes
croisées puis il tenta de se souvenir,
savoir ce qui lui était arrivé.

Il toucha derrière sa tête, sentit un bandage
 qui recouvrait une plaie encore béante.
Ethan tenta d'inspecter la pièce dans
laquelle il se situait, les murs étaient tous
peint d'un blanc pur comme si la pièce
 venait de subir des travaux récents. On
 pouvait encore sentir des arrières odeurs
de peinture notamment au fond de la pièce
là où Ethan s'était positionné.
La pièce ne disposait d'aucune fenêtre, il
n'y avait qu'une porte au milieu d'un
grand mur blanc sur lequel il y avait une
grande vitre teintée d'un noir intense.
Ethan mit son oreille contre la porte en
question pour essayer d'y entendre un
quelconque bruit provenant de l'autre côté
de la pièce.
Au bout de quelques minutes, comme pris
d'un moment de panique il se leva
brusquement se dirigea vers la porte et se
mit à taper de toutes ses forces.

_ Laissez-moi sortir ! Laissez-moi !! cria-
t-il

Rien, pas la moindre réponse, pas un bruit.
Il désespéra quand tout d'un coup il remit
son oreille contre la porte car il avait cru
entendre un bruit de pas.
Ceux-ci se dirigeaient en direction de la
pièce dans laquelle était situé Ethan puis
il entendit une voix derrière la porte.

_ Humm on dirait bien que vous êtes
réveillé ! Dit la voix
C'était une voix de femme, qui rappelait
 étrangement quelqu'un à Ethan. Mais il y
avait un problème semblait-il car il
entendit le bruit d'une porte s'ouvrir mais
ça provenait visiblement de la pièce à côté
de celle où il était.
_ On dirait la voix de Lacy ! S'exclama
Ethan.
Il se remit à écouter à la porte de la pièce
pour capter un semblant de conversation.

_ Où en est l'opération ? demanda une
voix d'homme

_ Le prisonnier 24 a été retrouvé, nous le tenons et nous le gardons en observation
 répondit Lacy

_ Bien ! Suivez-moi ma chère l'opération "Nouvelle Terre" est sur le point de connaître un tournant majeur et vous en êtes que le commencement.

_ Oui ! M. Sh…….

Ethan ne pouvait distinguer le reste de la conversation. Qui était cet homme avec qui Lacy discutait ? Quelle était cette opération "Nouvelle Terre" à laquelle il faisait allusion ?
Beaucoup de questions circulaient dans la tête d'Ethan mais aucune réponse ne venait à lui, il était là perdu dans une pièce minuscule et blanche et il ne pouvait en sortir.

17 Mai 1999 :

_ Hum il fait chaud aujourd'hui…
s'exclama Ethan
_ Et c'est encore moi qui suis de corvée
pour faire le jardin, je donnerais n'importe
quoi pour une bière fraîche..

Anna s'était absentée ce jour-là, le matin
même elle fut prise de violentes douleurs à
l'abdomen et étant inquiète pour son bébé
elle se rendit le jour même aux urgences.
Du moins même si elle avait trop attendue,
Ethan l'aurait aussitôt emmenée.

_ J'espère que tout va bien pour elle…

Le téléphone retentit, il avait un sentiment
étrange, le genre vous procurant un
frisson parcourant le long de l'échine et
traversant tout son dos, comme si quelque
chose venait de se produire, mais quoi ?

73

Une voix au bout du fil :
_ Pardonne moi mon chéri, je n'ai pas pu...
C'était la voix d'Anna elle ne put continuer
sa phrase car elle luttait pour ne pas
sangloter et ne pas inquiéter son mari.

_ Qu'est ce qui se passe ? Demanda-t-il
Elle ne répondit pas, mais elle savait qu'en
faisant cela il viendrait au plus vite.
Ethan comprit qu'il se passait quelque
chose, elle n'avait pas besoin d'en dire
davantage. Depuis toujours ils avaient ce
genre de relations où rien qu'avec un
regard échangé, ils se comprenaient.
_ Où es-tu ? Demanda Ethan
Après un moment d'hésitation comme si
elle reprenait ses esprits elle finit par lui
répondre :
_ Detroit hospital, sauve moi je t'en prie...
Puis la conversation se coupa
brusquement, il n'y avait plus personne au
bout du fil.

Il prit ses clés, sortit en trombe, se dirigea
à sa voiture et il roula le plus vite qu'il
pouvait, grillant chaque feux puis arriva au
Detroit Hospital.

Ethan arriva à l'hôpital, il ne réfléchissait
plus à ce qu'il se passait. Pour lui il était
évident que sauver sa femme était une
priorité ainsi que de protéger sa famille.
Il entra comme un chien enragé dans le
hall de l'hôpital, il se dirigea vers
l'immense accueil qui dominait la majorité
de ce qui semblait être la salle d'attente.
_ Où est-elle ? Cria Ethan
_ Monsieur, calmez-vous ! Qui recherchez
vous ? Demanda la
réceptionniste/infirmière de l'accueil
_ Mme Saylers.. dit-il
_ Vous êtes un proche ??
_ En quelque sorte ! Répliqua-t il
_ Mme Saylers vous dites ? Un instant, je
vérifie dans mes registres.

Il aperçu sur le bureau de l'infirmière un post-it mentionnant "patient Saylers chambre 412"

Ethan se demandait pourquoi un post-it mentionnant le nom d'Anna se trouvait il là ? Mais il ne prêta pas davantage attention jusqu'à ce que l'infirmière lui réponde :

_ Mme Saylers se trouve au 5ème étage chambre 656

Pourquoi mentait-elle ? Elle avait sûrement était transférée sans en avoir été informée et l'infirmière n'en aurait pas été avertit ?

*****

_ Impossible ! Se dit tout bas Ethan Il continua à l'ascenseur puis se dirigea malgré tout vers la chambre 656, il fut pousser par la curiosité mais aussi par l'envie d'éclaircir ce mystère.

La porte de la chambre était ouverte, il entra dans celle ci. Il y avait deux lits imposant. Les murs étaient couverts d'une épaisse tapisserie rose foncé comme pour

76

donner un sentiment de gaieté aux patients
y résidant.

Les lits étaient dotés de barrière comme
pour y emprisonner un animal. On pouvait
y voir entre les deux toute une batterie
d'instruments médicaux, des défibrillateurs
y étant encore accrochés laissèrent penser
à Ethan qu'il devait sûrement se trouver
dans un service de réanimation ou que ces
engins ont dut être utilisés il y a peu de
temps puis qu'on aurait transféré le patient
dans un autre secteur.

_ Qui êtes-vous ?! Demanda tremblant
tout d'un coup une voix surgissant de son
dos.

Ethan se retourna, il était tellement occupé
à observer la chambre qu'il ne remarqua
pas la personne qui arriva dans son dos.
C'était une vieille femme de race blanche
en déambulateur, au visage meurtri par le
temps, des rides parcourant les contours de
ses yeux. Elle portait une longue chemise
de nuit à carreaux blanc et bleus qui lui
recouvrait l'ensemble du corps, descendant

jusqu'aux pieds. Elle paraissait être une femme au lourd passé approchant selon Ethan les 80 ans.

_ Qui êtes-vous ? Que faisiez-vous dans ma chambre ? Dit-elle d'un ton interrogateur

_ Euh...je cherche ma femme
L'infirmière du rez de chaussée ma indiqué qu'elle était ici.

_ Votre femme? Il n'y a personne ici !
Dégagez petit voyou! Ou j'appelle la sécurité ! Dit-elle en le menaçant

_ Pourquoi m'avoir donné le numéro de cette chambre alors ?? Demanda Ethan
Vous avez toujours été seul ici ?

_ Hum très bien ! Dit la vieille femme
Elle avança jusqu'au lit avec son déambulateur où elle se posa auprès

_ Il y avait une femme pas plus tard que cet après midi ici même mais elle n'est pas resté longtemps. Elle a été transférée.

Elle s'arrêta de parler puis dit à Ethan :
_ Elle doit sûrement être morte

L'annonce de cette déclaration glaça le
sang d'Ethan mais il reprit ses esprits
quelques instants et demanda à la vieille
femme :
_ Vous savez où on l'a transférée ? dit-il

_ Je n'en sais rien du tout ! Maintenant
Oust ! Allez-vous-en ! Cria-t elle
Ethan avait déjà la réponse à sa question il
n'insista pas, se dirigea à l'ascenseur en
gardant en tête la chambre 412 et le fait
que sa femme pouvait probablement être
morte.
Plus il se trouvait dans ses locaux, plus il
les trouvait étrange.

Ethan arriva enfin à la chambre 412 il vit
que la porte était fermée mais il ne pouvait
s'empêcher d'avoir la boule au ventre.
Qu'allait-t'il trouver derrière cette porte ?
Anna était elle toujours en vie ? Un
million de questions passaient par la tête
d'Ethan.

Il entra. Il y avait un seul lit dans la pièce,
 elle était beaucoup plus petite que la
précédente, les murs étaient peins dans des
tons gris taupe. Il y avait une grande
fenêtre dans cette chambre contrairement à
celle de la grand-mère qui paraissait très
sombre et dépourvue de luminosité.
Une femme était allongée en chien de fusil
dans le lit et tournait le dos à Ethan.
_ Anna ?? Dit-il inquiet
La femme se retourna. S'était bel et bien
Anna mais elle était méconnaissable. Le
maquillage autour des yeux avait coulé,
comme si elle n'avait fait que de pleurer,
sans parler des cernes autour de ses yeux.
Ethan se rapprocha d'elle et la serra dans
ses bras comme pour se rassurer de l'avoir
retrouvé mais pas perdu.
_ Qu'il y a t'il ma chérie ?
_ Elle... dit elle difficilement avec une
voix mi cassée, mi tremblante.
_ Elle... elle est morte..

_ Qui est morte ? Répond Ethan

_ Tu ne comprends donc pas ? Notre vie
est fichue, notre fille…
Anna s'arrêta net de parler, elle fut prise
de douleurs dans la poitrine
_ Anna ?! Anna ?!
Elle s'évanouit.

Anna finit par se réveiller au bout de
quelques heures, Ethan s'était installé à
côté d'elle car il y avait tout juste assez de
place pour deux dans le lit mais il ne
voulait pas laisser sa femme comme ça et
l'abandonner.
Lorsqu'elle ouvrit les yeux, lui s'était
endormit sous le poids de la fatigue, du
stress et du trop plein d'émotions
engendrés par la journée qu'ils avaient
vécu.
En s'endormant il avait gardé sa main
posée sur le ventre d'Anna comme s'il
avait enfin compris ce qu'il s'était passé.

Tout doucement, elle lui secoua le bras
pour qu'il se réveille.
_ Hey ! Hey ! Réveilles toi mon chéri

_ Hummm… Anna ? Qu'il y a-t-il ?
demanda t'il

_ Rien tu t'es endormi contre moi. J'aurais
préféré d'autres circonstances mais merci
d'être là tu sais ? dit-elle

_ Ah.. C'est normal tu sais ? Tu es tout ce
qui me reste

Il l'embrassa sur le front puis il ne put
s'empêcher de lui poser une question
importante à ces yeux.

_ Elle est morte ? C'est bien cela ? Tu as
fais une fausse couche j'imagine ?
Anna baissa les yeux et se mit à pleurer.

_ Ne pleures pas ! Je suis là ! dit-il d'une
voix rassurante

_ Je veux partir d'ici ! dit-elle

_ Qu'est-ce que le médecin en pense ?
demanda Ethan

_ Mon chéri il y a eu des complications…

En passant sa main sur le ventre d'Anna,
Ethan se rendit compte qu'elle avait été
suturée il y a peu de temps.

_ Je vois, ce genre de complications ? hein
? dit-il

_ Ils… Ils me l'ont enlevé ! Sauve-moi !

Ethan fut pris d'une soudaine envie de
vomir, il courut au plus vite dans la petite
pièce servant de toilettes à la chambre. Il
s'agenouilla ensuite, et se mit à pleurer.
Il revint vers Anna, et lui dit :
_ Je vais voir le médecin ! Il va
m'entendre ! grogna-t-il
_ Non… Mon chéri ne fait pas ça ! dit
Anna d'une voix faible

Il sortit comme une furie de la chambre.
Dans le couloir, il aperçut un poste
d'infirmière de garde qui semblait fermé.
Il cogna dans la porte, comme pour se
faire entendre, mais aucune réponse ne
vint.
Il cogna encore et encore jusqu'à ce
qu'une infirmière vint lui ouvrir. Elle avait
dût s'assoupir pendant sa pause déjeuner.
Elle semblait être une ancienne du service,
de peau mate, et de forte corpulence, des
nattes parcouraient ses cheveux comme

des tresses d'afro-américaine. Sur sa
blouse on pouvait lire :" Mme Collins"

_ Qui êtes vous !? dit-elle

_ Qu'est-ce qui vous prend de frapper dans
cette porte ? En plus c'est un accès interdit
au public.

_ Je veux parler au médecin de ma femme
! C'est urgent !

_ Il n'est pas là ! Revenez plus tard !
Ethan répondit hésitant :

_ Vous ne comprenez pas ? Je dois
absolument lui parler ! Il a tué ma fille !
L'infirmière sous cette déclaration s'arrêta
net l'espace de quelques instants.

_ Vous dites n'importe quoi !

_ Vous êtes le mari de qui d'abord ??
demanda-t-elle

_ Euh.. Nous ne sommes pas mariés en
fait. Je suis là pour Mme Saylers en fait.

_ Mme Qui ? s'interrogea Mme Collins.
Elle réfléchit quelques instants puis elle fit
une déclaration surprenante à Ethan.

_ Votre femme, enfin votre amie disons
plutôt à eu des complications, on a dut lui

retirer son utérus suite à la formation d'un caillot, lui même dût à une tumeur.

Mais son état étant déjà bien avancé on a dut lui retirer l'enfant, mais à ce stade il est peu probable que l'un comme l'autre survive.

Je leur donne pas plus de 24 heures avant de nous quitter.. Je suis désolée mon cher.

Maintenant si vous n'y voyez aucun inconvénients, j'aurais bien pris le temps de pleurer sur votre sort mais j'ai du travail.

_ Vous dites n'importe quoi ! rétorqua Ethan

_ Mon enfant est forcément mort, ma femme n'était enceinte que de huit mois..

_ Vous n'y connaissez donc vraiment rien mon pauvre monsieur ! Un nouveau né peu naître prématurément ! Répond-t-elle

_ Alors où est mon enfant ? demanda-t-il

_ Vous voulez la voir ?? Alors suivez moi mais ne soyez pas choqué par ce que vous allez voir.

Ethan suivit l'infirmière qui l'emmena dans une des chambres, celle qui portait le numéro 824. Celle ci était plutôt sombre, du moins c'est ce qui lui semblait le plus frappant car la lumière du soleil peinait à traverser l'épais rideau qui descendait le long de la grande fenêtre de la chambre.

Au milieu de la pièce se tenait une gigantesque couveuse et Ethan l'aperçu enfin.

Ethan n'osa pas s'approcher, l'émotion le pétrifiait sur place.

Mme Collins remarqua qu'il ne s'avançait pas, elle lui fit signe.

_ Allez approchez vous et dites lui Bonjour ! Dit-elle

Il reprit ses esprits l'espace de quelques instants, et il s'approcha enfin.

_ Ma..Ma fille..Enfin tu es là ! Ta mère et moi t'avons attendu depuis si longtemps et voilà qu'on nous arrache l'un à l'autre encore une fois..

Ethan posa ses deux mains contre la vitre de la couveuse comme s'il tentait désespérément de tenir sa fille entre ses bras, mais il ne pouvait pas..

Il éclata en sanglot, et il sortit
soudainement de la pièce.
Mme Collins le rattrapa.
_ Hé mon vieux, vous n'allez quand même
pas vous défiler ??? Dit-elle
Votre fille a besoin de son père !! Alors
essayez d'en être un avant de vous défiler
comme vous le faites.
_ Je.. Je sais que vous avez raison mais
pardonnez moi, la voir ainsi dans cette
petite boîte, elle si fragile..
Cela fait longtemps que nous avons voulu
un enfant avec ma femme, nous avions
tellement de projet ensemble, et là ils sont
tous balayé d'un seul coup. Je crois que je
peux bien m'apitoyer sur mon sort vous ne
croyez pas ??
_ Pff !! Faites comme bon vous semble !
Bon, vous voulez que je vous
raccompagner auprès de votre femme oui
ou non ?? Demanda Mme Collins.
Ethan acquiesça et il n'eut pas beaucoup
de chemins à parcourir puisque sa femme
se trouvait deux couloirs plus loin que la
chambre en face de celle où se trouve sa
fille.

Celle-ci était moins sombre que tout a l'heure quand Ethan s'était rendu dans la chambre de sa femme, les rideaux étaient partiellement ouverts ainsi que la fenêtre qui était mise en bascule pour y laisser passer un peu d'air.

Il se rapprocha de sa femme, lui prit délicatement la main.

Elle se réveilla et le regarda d'un air à moitié endormie puisqu'elle était encore shootée aux médicaments et aux antidouleurs.

_ Ohhh... tu es là ?! Dit-elle

_ Paaardonn... je ne voulais pas...pas t'inquiéter

_ Hum ! Tu sais que tu pouvais me le dire ! Dit Ethan

_ Je me serais occupe de toi !

_ Je... je ne... voulais pas te le dire.. Tout de suite...

_ Tu voulais me le dire quand !? Une fois morte !!?? Dit-il en haussant le ton

_ Je...voulais...attendre.....attendre
 anniversaire...

_ Anniversaire ?? Quel anniversaire ?
Demanda-t-il

_ Le tiens... gros bêta ! Souria-t-elle
Je voulais attendre que ton...anniversaire
soit passé pour...pas...gâcher...ta fête..
Des larmes se mirent à couler sur son
visage.
Mme Collins qui était restée à côté d'Ethan
lors de la conversation posa sa main sur
l'épaule de celui-ci et dit à Anna

_ Dite lui maintenant Anna !

_ Je vais mourir, mais nous sommes
condamnées toutes les deux..

Cela faisait maintenant deux mois qu'Ethan était enfermé dans cette pièce. Il tournait en rond ne sachant pas quoi faire, il n'en avait pas appris davantage depuis la mésaventure de la dernière fois. Que pouvait-être ce projet nouvelle Terre auquel faisait référence l'individu qu'il avait entendu.
Il ne tarderait pas à avoir les réponses à ses questions, ce n'était qu'une question de temps avant de les avoir.

Un bruit de clé provenant d'un trousseau bien fourni, retentit tout d'un coup. Celui-ci tapait dans la porte de la cellule d'Ethan. On venait pour lui.
La porte s'ouvrit, un vigile, du moins il ressemblait à un vigile aux yeux d'Ethan puisqu'il portait un costume noir taillé sur mesure, des lunettes noires comme pour cacher son visage. Bien sûr il semblait comme gonflé aux anabolisants car on pouvait lui distinguer malgré le costume

une carrure quasi disproportionnée dut à ses très gros bras.

On aurait dit selon lui un personnage tout droit sorti d'un vieux film d'espionnage, une caricature d'agent secret selon Ethan.

_ Pff je suppose qu'on s'intéresse enfin à mon cas ! dit Ethan d'un air dépité.

_ Ferme là et suis moi si tu ne veux pas que je te brise une jambe pour mon plus grand plaisir ! dit l'agent

Il enfila à Ethan une camisole de force comme ça il pouvait être sûr que celui-ci ne tenterait pas une chose stupide.

Ils marchèrent le long d'un long couloir, on passait du blanc pure de la cellule d'Ethan à un long dégradé de gris.

_ Tourne à gauche ! dit l'agent

Une grande porte vitrée se profilait devant eux. La pièce n'était pas beaucoup plus remplit que les autres qu'il croisa auparavant. Seule deux chaises et une énorme lampe sur pied étaient dans celle-ci. Un homme les attendait.

Ethan reconnu la silhouette de l'homme qu'il avait aperçu deux mois auparavant, celui-là même qui pratiquait des expériences sur différents patients. Ethan fut assis sur la chaise située au milieu de la pièce et l'homme s'approcha dans la lumière.

_ Vous !? dit Ethan
_ Oui Mr Hayther ! Comment allez-vous ?? dit-il
_ Je pensais…je pensais que vous étiez là pour m'aider ! Dr Sheppard !
_ C'est exactement ce que je fais, vous êtes mon patient !

Le Dr Sheppard fit signe à l'agent qui était resté dans la pièce de rapporter un miroir. Il le dirigea de sorte qu'Ethan puisse distinguer son propre dos.

_ Que lisez-vous ?? demanda Sheppard
_ Je…je lis "numéro 42" ! dit Ethan hésitant de sa réponse

_ Correct ! Vous faites parti du
programme depuis un long moment !
Mais j'ai oublié de vous dire que vous
n'êtes que le 42 ème test en cours.

_ Il y a eu 41 autres patients avant moi ??
demanda Ethan
_ Oui et il y en aura encore bien d'autres
même si le projet commence à être
stabilisé, nous avons encore tant à
découvrir mais pour cela nous avons
besoin de vous tous.

Cela fait bien longtemps maintenant que
nous pratiquons ces expériences, vous
voudriez bien savoir à quelles fins ??
_ Dites toujours…
_ Pour le progrès de l'humanité !! Et pour
le bien-être de nos concitoyens !
Imaginez une nouvelle ère ! Un monde où
la maladie est quasiment voir totalement
éradiquée, un monde où plus personne ne
meurt de faim.
Une nouvelle Terre en somme !

Ces mots rejaillirent à l'esprit d'Ethan en les entendant. C'était donc déjà le Dr Sheppard qu'il avait entendu lorsqu'il écouta par hasard une conversation depuis sa cellule la dernière fois.

_ Quel genre d'expériences ? demanda-t-il
_ Le genre à vous faire perdre la tête !
Nous cherchons à éradiquer des maladies comme les différents cancers qui subsistent. Les maladies génétiques aussi par exemple. Pour ce faire nous injectons aux patients les différentes formes de maladie elles-mêmes et nous observons les résultats.

Cette annonce fit froid dans le dos d'Ethan.

_ Je… je suppose que vous n'avez pas réussi à obtenir des résultats concluants ??

_ Oh mais si ! Nous avons obtenu un
résultat concluant ! À vrai dire trois
"résultats d'expériences" ont répondu
positif ! dit-il

Mais vous vous en rendrez compte bien
assez tôt croyez moi !

_ Qu'avez vous fait ! S'énerva Ethan
_ Oh moi ? Je n'ai fais que suivre les
ordres ! Nous avons pris l'habitude se
sélectionner soigneusement nos patients
où tout du moins les plus vigoureux
d'entre eux. Les rescapés d'accidents
plutôt grave, les grand brûlés où bien ceux
qui guérissaient soudainement comme par
miracle de leur maladie qui jusque là était
répertoriée comme incurable.
Nous constations leurs guérisons mais
nous ne pouvons pas les laisser s'en aller
comme cela du coup nous leur prétextions
qu'ils avaient besoin de soin
supplémentaire. Puis nous les transférons
dans cette aile du bâtiment et la suite vous
la connaissez déjà ! répondit Sheppard.

_ Vous n'avez pas le droit !! Ces gens sont innocents ! Vous les réduisez en esclavage !
Je vous en empêcherai !
_ Depuis combien de temps n'avez-vous pas dormi Mr Hayther ?? demanda Sheppard
_ Huh ?

_ Préparez le ! Ne faisons pas attendre les résultats de l'expérience suivante !

Ethan sentit une brûlure soudaine provenant de son cou. Il vit du coin de l'œil l'agent lui injecter une substance, il se retenait pour ne pas s'évanouir.

_ Dormez Mr Hayther ! Demain marquera le début de la "Nouvelle Terre" et vous ferez parti de ses fondations !

Ethan s'écroula il ne pouvait lutter davantage, le somnifère qu'on lui avait injecté était plus fort que lui. Ses yeux se fermèrent et il s'évanouit.

18 Mai 1999 :

Il était 5 heures du matin, Ethan était resté
toute la nuit à veiller sur sa femme dans sa
chambre d'hôpital. Il luttait contre le
sommeil, après tout elle pouvait être
amenée à le solliciter à n'importe quel
moment.
Il ne devait pas flancher un seul instant, il
se disait que le plus important était de
rester à ses côtés quoi qu'il arrive,
jusqu'au jour fatidique.
Anna se réveilla, prit la main d'Ethan. Il la
regarda et il comprit qu'elle avait besoin
de lui demander quelque chose.
_ Il me reste peu de temps tu sais ?? dit-
elle
_ Je sais…
_ Dis mon chéri ? Hésita Anna
Elle fixa droit dans les yeux Ethan et lui
demanda enfin après quelques secondes
d'hésitation.
_ Marions-nous !
_ Je… Je ne sais pas quoi dire tu me
prends au dépourvu

_ Tu ne veux pas qu'on soit mari et femme ??

_ Si ! Ce n'est pas ça, c'est juste que je n'aurais pas imaginé que cela se produirait dans de telles circonstances

_ Alors tais-toi et embrasse moi ! Faisons-le ! répondit Anna

Ethan l'embrassa langoureusement et la prit dans ses bras pour ce qui serait probablement leur dernière étreinte.

Quelques heures plus tard...
Ethan avait parcouru l'annuaire pour mettre la main sur un prêtre qui se déplacerait jusque dans la chambre de l'hôpital. Il s'était arrangé aussi pour trouver une tenue prêtant plus à l'occasion pour ce genre d'événements que la tunique de patient et des vêtements complètement défraîchis qu'il portait depuis qu'il était venu la retrouver.

Il se trouva un costard cravate d'occasion dans une boutique du coin de la rue qu'il avait payé 25 dollars pièces et une robe

aux mensurations d'Anna qui tournait plus
autour des 100 dollars.
Il acheta des alliances qui valaient certes
plus chères mais il s'en moquait car il
s'agissait là d'un grand événement à ses
yeux.

*****

Ethan était de retour auprès d'Anna. Son
état avait plus ou moins empiré, on
pouvait sentir que la fin était proche. Il prit
son courage à deux mains, lui montra ce
qu'il avait acheté. Il aida sa femme à se
changer pour l'occasion.
Le prêtre ne tarderait plus à arriver, ils
avaient convenu d'un rendez-vous pour
19h et il était 18h40.
Tous les deux étaient pressés de pouvoir
enfin se considérer comme mari et femme.
Il lui montra l'alliance, mit un genou à
terre et lui déclara sa flamme.

_ Depuis que je te connais, ma vie à
radicalement changé tu sais ? Je ne suis
plus le même, cet éternel râleur, un peu

fainéant sur les bords et manquant de
motivation. Tu es comme un rayon de
soleil, une révélation, une évidence..

Il s'arrêta de parler car le prêtre venait
d'arriver. Anna s'essuya les yeux, la
déclaration d'Ethan la fit pleurer de joie.

Le prêtre Richard était un tout jeune prêtre
afro-américain d'une trentaine d'année. Il
se déplaçait souvent chez les gens qui
avaient besoin de ses services.

_ Bien ! Je vois que vous avez commencé
sans moi ! dit-il
_ Je vous en prie, prenez la main de
madame et commençons

_ Nous sommes réunis aujourd'hui pour
célébrer votre union. Mr Hayther êtes-
vous prêt à prendre pour épouse Mlle
Saylers pour le meilleur et pour le pire ?

Ethan regarda Anna émut.

_ Oui je le veux ! dit-il

_ Et vous Mlle Saylers ! Êtes-vous prêt à
chérir Mr Haythers pour le meilleur et
pour le pire ?

Anna ne se sentait pas bien, son état
empirait de plus en plus. Néanmoins, elle
eut le temps de répondre au prêtre.

_ Oui… Je le veux !

_ Très bien ! Je vous déclare donc à
présent Mari et femme.. Vous pouvez
embrasser la mariée !

Il eut à peine le temps de finir sa phrase et
Ethan eut à peine le temps d'embrasser
Anna, qu'elle s'évanouit.
Son cœur venait de s'arrêter,
probablement dut à son état mais aussi dut
à l'émotion du moment.

Ethan était les yeux remplit de larmes, il
fut prit de panique et appela d'urgence les
infirmières. Elles ne mirent pas longtemps
pour arriver dans la pièce et pour tenter de
prodiguer les premiers soins à Anna.

Elles essayèrent toutes les techniques
qu'elles connaissaient ; massage
cardiaque, oxygénation par ventilation,
défibrillateur, rien n'y faisait le cœur
d'Anna ne battait plus.

L'infirmière en chef regarda l'heure.
_ Heure du décès 19h15…
Elle regarda Ethan d'un air désemparé ne
pouvant pas calmer la tristesse de celui-ci.
Ethan était inconsolable.

19 Mai 1999 :

Ethan était resté depuis la mort de sa
femme dans la chambre de leur fille. Il la
regardait sans cesse comme s'il essayait de
garder à tout prix un souvenir intact de sa
femme.
Il avait quelques flash-back où il se
rappelait quand elle lui annonça qu'elle
était enceinte et l'immense joie qu'il
ressentit à ce moment là.
Sa fille était tout endormie. On pouvait
distinguer sur son pied une étiquette
apposée sur lequel était inscrit le prénom
"June", le sien.
Ethan vit aussi une inscription sur la
couveuse de l'enfant, on pouvait y lire
"Projet Lacy"
Il ne comprit pas ce que cela voulait dire,
il ne fit pas davantage attention à la chose.

12 Février 2025 :

"June..."

Ce nom était à présent gravé dans la tête
d'Ethan. Il se sentait mal, très mal. Il
sentait que quelque chose n'allait pas. On
l'avait probablement drogué du moins
c'est ce qu'il se disait car à peine il ouvrait
les yeux et essayait de marcher, qu'il
titubait et sentait sa tête tourner. Il
s'évanouit, puis lorsqu'il ouvrit les yeux à
nouveau il se réveilla en panique.
Il était de retour dans la chambre
d'hôpital. Il se dirigea vers la fenêtre de
celle-ci pour essayer de distinguer les
alentours. Il vit un grand soleil qui brillait
au dessus de la ville. L'air ne semblait plus
aussi irrespirable qu'avant, tout semblait
être différent.
Cependant, derrière lui rien n'avait
vraiment changé, dorénavant son lit portait
une inscription qu'il vit pour la première
fois : *"Patient numéro 42"*

Il comprit qu'il lui serait très difficile de se
sortir de cet endroit infernal, serait-ce la
fin pour lui ?

Le masque derrière l'obscurité

Partie 3 : Les fantômes du passé

"*Je ne peux pas imaginer un Dieu qui récompense et punit l'objet de sa création.*" Albert Einstein.

-1- Une vie parfaite

17 Mars 1992 :

Le mois de Mars marquait le début de
l'apparition du printemps. Cette année là,
l'hiver fut plutôt rude dans les rues de
Manhattan et cela se sentait sur les visages
des gens qui peuplaient les rues de cette
ville. Le printemps remontait le moral et il
marquait surtout la fin de cette longue
période froide.

A l'angle de la 5ème avenue, un groupe
d'étudiants avaient installé une sorte de
"camp de base" pour manifestants. Une
grande toile de tente était érigée sur la place
"Churchill", c'était l'endroit où démarrait
généralement la majorité des grèves de la
ville.

Sous la tente, des étudiants s'empressaient
d'y disposer des tables ainsi que quelques

107

chaises, puis d'autres inscrivaient sur une longue banderole, qui était accrochée contre la tente, un message de protestation.
On pouvait y lire : "Des indemnités ou pas de réforme !"
Parmis les tentes, sous l'une d'entre elles, un groupe de jeunes distribuaient des tracts tandis qu'une des jeunes, qui s'était mise en retrait, faisait signer une pétition.

Le temps virait à la pluie, ce qui poussa bon nombre d'entre eux à se réfugier sous les tentes. Ce fut ce jour-là où tout bascula pour la jeune Anna, le jour où elle croisa cet homme qui changea sa vie à tout jamais.

Ethan, était un jeune homme âgé de 23 ans, tout juste diplômé d'un doctorat en sciences sociales, il aimait passer du temps dehors à se balader dans son quartier de la 5ème avenue.

Il avait ses habitudes et il était réglé comme une horloge. A 11 heures, c'était l'heure de son footing, à 13 heures, il allait manger dans son restaurant Italien préféré :"chez Luigi's". Il commanda une bière ainsi qu'une pizza toscane, pizza à base de jambon de Parme et de champignons, puis un café pour faire passer le tout. A 15 heures, il descendait le long de cette avenue pour s'arrêter à la place Churchill car il participait souvent aux différentes manifestations en signant les pétitions quand il y en avait. Il rentrait alors chez lui afin de fureter sur différents sites internet de recherche d'emplois. C'était les vacances pour lui mais il ne voulait pas perdre un seul instant pour se mettre au travail. C'était un bosseur, pas le genre à rester chez lui à ne rien faire. Il savait déjà qu'il trouverai un emploi étant donné que son oncle, propriétaire du Manhattan's social club, un pub branché des quartiers chics de la ville, lui avait proposé de travailler pour lui le temps qu'il puisse trouver une situation plus stable.

22 Avril 1992 :

Cela faisait maintenant un mois qu'Ethan bossait pour son oncle.
Il aimait cette vie et se baladait dans les quartiers chics de la 7 ème avenue. On pouvait y distinguer une autre classe d'individus. Les gens semblaient plus pressés que d'habitude, ce qui étonnait chaque fois Ethan. Les rues étaient toujours bondées de monde de part et d'autre, ce qui était quelque fois très étouffant et encore plus en ce samedi.

Au pub il y avait énormément de monde, les
gens venaient décompresser de leur semaine
au travail en y buvant quelques verres.
C'était une ambiance de bon vivant dans un
décor plutôt ancestral. Des tabourets en bois
étaient alignés le long du bar qui était au
centre de la grande pièce principale. Des
tables en bois aux quatre extrémités,
chacune occupées par quelqu'un. Ethan était
de service ce soir là. Il avait du mal à se
frayer un chemin parmi ce monde lorsqu'il
devait honorer les commandes de ses clients.
Lorsqu'il en finissait une, il enchaînait sur la
suivante, et ainsi de suite. Puis il fit une
pause, il ne put s'empêcher de remarquer la
présence d'une jeune femme seule à une
table et l'air complètement perdu dans
l'immensité de la foule.
Elle semblait dérangée, un peu seule, mais il
la trouva très belle, plutôt à son goût pour lui
qui venait tout juste d'être célibataire.

Il ne prêta pas plus attention à elle étant
donné que son travail se rappelait à lui. Mais
dès qu'il put, il continuait de l'observer, car
cette femme l'intriguait au plus haut point.
Elle semblait lire un livre, et dans l'autre
main elle tenait un diabolo grenadine qu'elle
venait de commander quelques minutes
auparavant.
Tantôt elle buvait une gorgée, tantôt elle
reposait son verre pour jouer avec une
mèche de ses cheveux.
Les heures passèrent, et il continuait
d'observer son petit manège.
Il décida de passer à l'action et d'engager la
conversation avec cette demoiselle qui lui
reflétait l'image d'une jeune femme
dynamique, brune aux grand yeux bleus et
qui lui paraissait avoir environ la vingtaine..
Elle n'était pas farouche, elle se sentait
plutôt à l'aise au contact d'autres gens.

_ Bonjour ! Dit timidement Ethan

_ Bonjour ! Répondit-elle

_ Vous aussi vous venez pour la
manifestation ?

_ Euh, non pas vraiment je passais par
hasard dans le coin et j'avoue que ma
curiosité a été piquée au vif

_ Vraiment ? Dit-elle

Ethan semblait être gêné, il faut dire qu'elle
ne le lâchait pas du regard et ses grand yeux
le troublait.

Quelques jours plus tard, il neigeait fort
dehors. Ethan était gelé, il rentrait d'un
rendez vous important pour un emploi dans
une petite boutique d'arts et antiquités était
situé le long de Winston road. En passant
près des galeries Winston il se regardait dans
le reflet des vitrines, il ne put s'empêcher de
remarquer qu'il semblait heureux, puis il se
mit à penser, encore penser, encore et

113

toujours à elle. Il secoua la tête comme pour
la chasser de son esprit, mais rien n'y faisait.

*

Anna était plus resplendissante que jamais,
elle venait de rentrer chez elle le sourire aux
lèvres, ce qui n'échappa pas à sa voisine de
pallier, Mme Théodore qui avait l'habitude
de venir sur le pallier de sa porte dès qu'elle
entendait quelqu'un passer près de son
entrée.
Anna l'aimait bien, s'était une vieille femme
d'environ 75 ans, un peu chétive mais qui lui
paraissait encore bien en forme vu la
fragilité apparente qu'elle manifestait.

Elle la salua :
_Bonjour ma chère, vous m'avez l'air ravie !
ça fait plaisir à voir ! dit-elle
_ Bonjour ! hihi

114

Puis elle rentra dans son petit appartement
de la 7ème avenue.
Elle ferma sa porte puis et alla s'allonger sur
son canapé le sourire toujours aux lèvres.
Elle venait de le rencontrer, lui qui lui a
sourit, s'était un coup de foudre, le premier
de sa vie.

*

Ethan s'efforçait de ne pas penser à elle,
mais au fond de lui il se doutait qu'elle allait
changer sa vie à tout jamais, il ne connaissait
rien d'elle, ni son prénom ni d'où elle
pouvait venir, bref rien de sa vie, il n'avait
eu jusque là que très peu d'attirance
physique aussi soudaine et difficile pour lui
de penser à autre chose que son visage
d'ange.

Ethan avait réussi à penser à autre chose
depuis tout ce temps, il avait pu prolongé
son travail dans le pub de son oncle, ça ne
devait durer que l'été mais il faisait un très
bon boulot notamment depuis qu'il
remplaçait le dernier barman qui avait du
s'absenter pour des soucis familiaux.
Mais bon ces journées pour l'instant n'était
que le résumé d'une routine constante,
prépare la salle, ranger son bar au mieux
possible et s'avancer sur des idées de recettes
pour créer de nouveau cocktail qui allait
étonner la clientèle.

Lacy perturbait Ethan, elle qui s'était présentée quelques jours avant dans sa chambre armée d'un couteau. Il mit quelques instants à le voir. Lacy semblait défaillante, elle s'approcha d'Ethan le regard complètement vitreux. Il lui pria de reculer mais peu importe ce qu'il pouvait dire elle n'écouta pas. Elle était si proche qu'il finit par sentir la lame de son couteau contre sa poitrine et il senti comme s'il se faisait percer par celui ci. Il ferma les yeux puis plus rien. Quand il ouvrit les yeux Lacy était arrêtée net devant lui comme inerte. Il s'écarta d'elle, puis il la toucha pour voir si elle bougeait toujours.

Il n'eut pas le temps de réagir que la porte finit par s'ouvrir.

Shepard était là.

_ Ne bougez pas s'il vous plaît Mr Hayther

Je ne viens pas pour vous aujourd'hui mais pour elle.

Il récupéra le droïde et laissa Ethan encore sous le choc.

_ On se reverra bientôt Mr Hayther.

Quelques jours plus tard :

Ethan était toujours dans sa chambre mais il était sans nouvelle de Lacy depuis plusieurs jours maintenant, il était encore sous le choc de ce qu'il avait appris à son sujet. Il savait qu'il ne pourrait pas rester ici dans cette chambre encore longtemps sous prétexte qu'il eut un accident il se devait de découvrir la vérité, il était en mesure de se rappeler de la seule personne qu'il fut capable d'aimer, Anna. Mais tout se mélangeait dans sa tête, tout n'était pas encore très clair, plus les jours avançaient et

plus il se rappelait des petits détails de sa vie
d'avant.

2 novembre 1992 :

Anna mourait d'envie de revoir cet homme
qu'elle avait rencontre deux mois plus tôt,
alors que tout semblait être une rencontre
anodine il n'en était rien pour elle, elle
n'avait pas réussi à l'oublier.
Dès qu'elle essayait, des détails venaient lui
rapeller cet homme, des musiques, des films
dont des comédies romantiques rien ne
faisait en sorte de l'aider pour l'oublier mais
bon elle se laissait aller à une relation pleine
de confiance alors qu'elle ne connaissait pas
plus cet homme, là encore une attirance
physique était à l'origine de tout ça.

2- Quand vient l'obscurité :

10 février 1999:

_ Messieurs, nous voici réunis autour de
cette table pour discuter du financement et
de l'avancée de nos nouvelles opérations , je
ne vous cache pas qu'il nous a été difficile de
réunir tous nos investisseurs sans éveiller
l'attention des plus hautes autorités,
heureusement on a réussi à les orienter sur
une fausse piste.
Nous devons rester les plus discret possible,
bien sûr cette réunion n'a pas eu lieu je
compte sur vous.
Des hommes s'étaient réunis dans une pièce
à l'ambiance tamisée, ils pouvaient à peine
se distinguer les uns des autres mais ils
étaient au moins 6 individus.

Seul le Dr Sheppard se tenait dans la lumière
tenant dans sa main le diffuseur de
diapositive.
Il fit défiler les différentes diapos sur lequel
était inscrit le nom : ***Projet Lacy 2.0***

_ Messieurs, nous avons repéré une liste
potentielle de sujet viable pour ce projet.
Nous n'avons pas eu besoin de chercher bien
loin. La maternité de l'hôpital Henri Ford
nous a mis à disposition une liste potentielle
de candidate.
Nous avons 100 candidates, il faut que nous
réduisons la liste à 50 candidates. Les tests
doivent démarrer le plus vite possible pour
éviter de perdre le maximum d'argent, nos
investisseurs ont été très clair à ce sujet.

Il continua de faire défiler les diapositives,
sur les suivantes on y distinguait des
visages, ceux des candidates.

La **numéro une** était une jeune femme d'une trentaine d'année, brune aux yeux clairs qui semblait avoir des origines mexicaine.

La **numéro deux** était complètement différente, elle semblait être beaucoup plus jeune, une blonde d'une vingtaine d'années très jolie aux long cheveux légèrement bouclés, de grande lunette et un flot jaune dans ses cheveux pour tenir sa queue de cheval. Sur la photo on distinguait une femme souriante, il était inscrit qu'elle était enceinte de quatre mois.

La **numéro trois** semblait ne pas
correspondre au profil des deux autres
candidates, une jeune femme d'une
quarantaine d'années, rousse aux yeux bleus,
très souriante sur la photo. Ce sourire était
sûrement dût au fait qu'elle était enceinte
également de quatre mois.

La **numéro quatre** défilée ainsi que d'autres
numéros, toutes semblaient avoir un point en
commun, elles étaient enceinte de quatre
mois.

Les candidates continuaient de défiler à
l'écran, il était temps maintenant pour eux
d'en éliminer de la liste comme convenu afin
de réduire le nombre à 50 d'entre elles. Il
fallait éliminer toutes personnes ayant de
mauvaises prédisposition génétique comme
des maladies rare ou des pathologies
psychologique afin de garder le meilleur
candidat possible pour leur expérience.

La **numéro 42** était un peu différente des
autres sur le plan physique, très souriante sur
la photo, une situation professionnelle
stable, elle venait de se marier y a peu et
était enceinte de quatre mois. Ce qui la
distinguait des autres candidates est le fait
qu'elles sont toutes des mères célibataires
mais pas elle. Sur sa fiche on pouvait
distinguer le prénom **Anna**…

3- *Le chemin de lumière :*

*"L'obscurité ne chasse pas l'obscurité,
seule la lumière peut le faire."- Martin
Luther King.*

_ June… June.. June..
Ethan murmurait dans son sommeil pendant
que Lacy veillait sur lui dans sa chambre.
À chaque prononciation de ce prénom elle
ressentait dans son programme une sensation
bizarre indescriptible pour elle n'étant qu'une
machine dépourvue de sensation. Il semblait
très agité ce soir même plutôt perturbé car
plus le temps passait plus il en apprenait
davantage sur Shepard et ses projets plus
bizarre les uns que les autres.
Il finit par se réveiller en pleine nuit, vers
quatre heures du matin, il était en sueur, il

avait sûrement fait un mauvais rêve pensait
Lacy.

_ Tout va bien ? Dit elle

Ethan reprit ses esprits mais il ne préféra pas
répondre à la machine.

_ Montre-moi ! Dit-il

_ Vous montrez quoi ? Répond Lacy

_ Montre-moi la vérité ! Demanda Ethan

Je sais qu'il se passe des choses louches ici,
j'ai l'impression qu'on me fait passer pour ce
que je ne suis pas. Qu'on se sert de moi pour
je ne sais quoi.

Alors je te le demande une dernière fois,
montre moi !

Lacy resta de marbre, elle ne comprenait pas
cette requête.

_ Je ne vois pas de quoi vous voulez parler.

Ethan se retenait pour ne pas craquer et pour ne pas péter un câble.

_ Retournez vous coucher, votre femme n'aurait pas aimer vous voir dans tous vos états.

_ Que viens-tu de dire ? Demanda Ethan Pourquoi me parles-tu de ma femme. Tu la connais ?

_ Lacy sembla beuguer sur le coup et ne répondit pas à Ethan.

Ethan finit par craquer, il faisait les mêmes rêves encore et encore dans lesquelles il se remémorait sa femme Anna, sa fille June..puis l'accident.

Il se dirigea vers la petite table de la chambre et il tapa dans le mur à grand coup de poing puis il prit la table et la balança dans le mur.

Étonnamment, le vacarme engendré ne semble inquiéter personne puis rien n'y personne ne bougea vers la chambre d'Ethan.

Mais il espérait justement attirer du monde ce soir là.

Personne ne vint cela dit Ethan ne se doutait pas qu'il était étroitement surveillé puisque tout ce qu'il faisait était enregistré dans la mémoire de Lacy.

Elle était dotée d'une capacité mémorielle hors du commun.

Ethan eut un changement soudain de comportement comme si une idée brillante lui était venue à l'esprit, il prit le temps de réfléchir afin d'organiser ses idées.

_ Je vais sortir d'ici ! annonça t'il

Puis bizarrement il se remit au lit sans rien dire. Lacy ne comprenait pas ce changement d'attitude.

Le lendemain matin, la porte de sa chambre
ou cellule puisqu'il se considérait comme
étant prisonnier, s'ouvrit. Ethan semblait
toujours endormi quand l'interne arriva près
de lui pour vérifier que tout allait bien. Il
sentait que celui ci trafiquait quelque chose
près de lui sans réellement savoir quoi. Puis
une légère douleur au bras et plus rien
ensuite.
Ethan ouvra les yeux et constata que
personne n'était présent dans la pièce. Il
constata aussi sur son bras la trace d'une
injection mais sans savoir de quoi il
s'agissait, cependant il se sentait très en
forme.
_ Qu'est ce qui se passe ici ? Pensa-t'il
Il vit qu'on lui avait déposer des vêtements
au pied de son lit. Il reconnu une tenue de
médecin de l'hôpital. Quelqu'un semblait
vouloir lui venir en aide mais qui se
demanda-t-il ?

Il enfila la tenue bien qu'il semblait perplexe
quant à son efficacité.

Il se fera forcément reconnaître.

Il traversa prudemment le premier couloir à
la sortie de sa chambre mais il semblait n'y
avoir personne.

Il se rappela le chemin qu'il avait parcourut
la première fois comme si ses souvenirs
précédents lui revenaient tout d'un coup.

Il se rappela également toutes ces choses
bizarres qu'il avait aperçu mais il voulait en
savoir davantage.

Le premier test était lancé, les 50 candidates sélectionnées avaient été triés minutieusement en fonction de leur antécédents.

Toutes étaient célibataires sauf une : **Anna** Pour que les tests soient concluant il était important que les candidates n'aient plus aucune attache social autour d'elles. Mais celle qui répondait le mieux aux critères fixés par Sheppard était Anna.

Il avait établi une liste très détaillées.

_ Dr Sheppard! Nous avons trouvée les 10 candidates restante mais seule une d'entre elles nous pose un problème.

Cette personne était dissimulée dans l'ombre de la pièce mais il s'agissait en fait d'un des investisseurs du projet, Mr Lafu un riche actionnaire étant devenu millionnaire en ayant investi dans la recherche médicale et dans des innovations technologique de pointe en ingénierie et en robotique.

Son entreprise qu'il avait nommée **2ndleyf** était à la pointe de la technologie de Detroit.

Quand Lafu décidait de quelque chose il aimait rarement qu'on lui refuse ce qu'il avait demandé.

Il avait parfois recours à des méthodes peu orthodoxes allant jusqu'à la disparition de personnes même si aucune charge ne pouvait jusque là lui être reproché.

_ Très bien ! Nous allons commencé les tests dit Shepard

4 Le patient numéro 42 :

24 mai 1999 :

Cela faisait maintenant cinq jours que Anna
avait disparu.
Ethan avait du mal à s'en remettre, normal
quand on perd l'être aimé.
Mais il avait décidé de rester fort pour sa
fille qui venait de naître.
Elle était posée là dans sa couveuse qui la
tenait bien au chaud. Il n'était pas encore
habitué à la présence nouvelle d'un bébé.
Il osait à peine prendre sa fille dans les bras
sauf quand elle pleurait vraiment, réclamant
ses premiers biberons. Il n'était vraiment pas
à l'aise ayant peur de la casser. Mais malgré
tout il l'aimait, il se sentait envahit d'amour
pour elle, il savait qu'il devrait la protéger
toute sa vie.

Mais une vie peut être courte et ce jour là il
le comprit rapidement, il comprit que le
bonheur pouvait être de courte durée.
Il mit quelques secondes à réagir mais sa
fille ne bougeait plus elle était bleutée.
Une once d'adrénaline parcourut ses veines,
il appela au secours de toute ces forces. Il
venait de perdre sa femme, il ne voulait pas
perdre sa fille.
Les infirmières alertées par le bruit se
précipitèrent dans la chambre et demandirent
à Ethan de sortir.
Celui ci vit la porte de la chambre se fermer
devant lui, tout ce qu'il pouvait y voir était le
numéro **42**.

22 août 2026 :

Il faisait très chaud dans les long couloirs de
l'hôpital, du moins c'était le ressenti que
Ethan avait lui qui ne devait pas se faire
repérer par le personnel.
Une porte, puis une autre, il passa la
première coupe feu puis un couloir teinte de
blanc tout du long.
Il était fatigué, emplit de stress cela lui
pompait toute son énergie.
Il arriva dans un autre couloir plus bizarre
que les autres avec des portes toutes
numérotées de chaque cotés de 1 à 50.
Ethan entrouvrit la numéro 12 il y aperçu
stupéfait une réplique quasi exacte de Lacy
se tenant au chevet d'une femme placée sous
respirateur avec une grande machine à ses
côtés qui la maintenait en vie.

À côté d'elle une couveuse était placée mais celle ci était vide.

Il referma la porte et se dirigea vers la numéro 32, même constat, le réplique de Lacy mais brune cette fois ci était dans la pièce mais en mode veille.

Il entra par la porte numéro 44 et s'était toujours la même histoire, une réplique exacte de Lacy toujours positionnée de la même manière, mais la chambre était bondée de câble de toute part qui menait vers la pièce d'à côté.

Il se dirigea vers cette même pièce qui ressemblait à une salle de serveur remplit d'écran sur lequel on y voyait chaque lit et chaque chambre dont une vide celle d'Ethan lui même.

Il n'y avait personne devant les écrans la pièce semblait vide.

Ethan scruta chaque écrans. Toutes les pièces se ressemblaient à l'exactitude près.

Toujours une Lacy, toujours un lit et
toujours des tas de câblage qui jonchaient la
pièce. Seul la chambre d'Ethan semblait être
la plus moderne au design très épuré.
Il voulait en savoir davantage mais il ne
pouvait pas rester là plus longtemps,
n'importe qui pouvait revenir dans la pièce.
Au moment où il voulu sortir, il entendit du
bruit dans le couloir se dirigeant vers lui.
Il fallait qu'il se trouve une cachette car on
ne devait pas le voir.
Un homme rentra dans la pièce. Ethan eut
tout juste le temps de se cacher derrière
l'immense rideau de la pièce.
Il entendu du bruit provenant de l'ordinateur
principal de la salle des serveurs,
apparemment quelqu'un bricolait dessus
mais il ne pouvait pas risquer de se faire
repérer.
Il décida d'attendre quelques minutes que la
voie soit dégagée.

Le technicien qui était devant son ordinateur
scrutait les différentes caméras à la
recherche d'anomalies.

Pendant qu'il regardait celles ci, une des
caméras celle de la chambre 42 où était
Ethan se coupa, l'image se brouilla comme si
il était arrivé quelque chose à cette même
caméra.

Il se leva brusquement, transmit un message
qu'Ethan peinait à entendre correctement.

Le technicien alla sur place pour vérifier le
problème et laissa son talkie-walkie sur la
table en marche.

Il était partit maintenant depuis deux
minutes de la pièce quand le talkie se mit en
marche.

_….. Intrus….brrrr….au…..seco…rs

Ethan alerté par ce message sort de sa
cachette motivé plus que jamais.

Au moment de quitter la pièce il sentit une
présence derrière lui. La même qu'il avait

ressenti près de son lit quelques temps
auparavant.
Une voix…
_ Alors ? As tu compris maintenant ?
La petite fille qu'il distinguait à peine la
dernière fois était de retour.

14 février 1999 :

_ Chéri ! Viens près de moi je dois te
montrer quelque chose vite ! Dit Anna
Ethan s'exécute et vient près d'elle. Elle lui
prit la main et la posa sur son ventre.
_ Tu la sens ? Dit elle
_ Elle donne des coups de pieds
_ Elle reconnaît son papa dit-il le sourire aux
lèvres
_ June ma fille! Je serais toujours là pour
veiller sur toi..

Cette petite fille se tenait là devant lui, ces souvenirs le hantaient de plus en plus, mais il ne voulait pas y croire il se refusait d'y croire comme s'il avait réussi à faire le deuil de son passé.

Mais plus il regardait la petite fille, plus il était captive par son regard qui lui faisait penser à celui de sa femme.

_ c'est bien toi ?? June? Demande Ethan

_ je ne connais pas de June, on m'appelle numéro 42. Du moins c'est comme ça que les gens qui me gardent m'ont appelés.

_ alors pourquoi ? Pourquoi me demande tu si j'ai bien compris cette fois ?? Insiste Ethan.

_ je t'ai demandé ça ?? Je m'en souviens pas.

Ethan la regarde d'un air perdu.

Numéro 42 commence à rire en voyant la

tête d'Ethan.

_ qu'est ce qui te fait rire ?

_ ta tête Papa ! Dit elle

Ethan la prit dans les bras, la serra fort

contre lui, il avait effectivement compris et

ressenti, sa fille était là.

Partie 4 : quand la lumière éclaire l'obscurité

Au commencement, il y a souvent un événement, un battement d'ailes de papillon, un imprévu.
Il suffit d'une seconde, une habitude qu'on change d'un jour à l'autre, parfois ces événements peuvent chambouler toute une vie.
Il a suffit d'un simple accident pour Ethan, pour que sa vie change à jamais.

18 juin 1999 :

Il faisait froid ce soir là, malgré l'Été qui
approche mais Ethan réchauffait son corps
comme il le pouvait via tous les verres
d'alcool qu'il enchaînait.

Ce soir là bizarrement il attira l'attention de
beaucoup de personnes mais il se sentait
observé, plus que d'ordinaire.

Une femme s'approcha de lui.

_sale soirée ? dit-elle
Ethan l'a regarda à peine, il n'était
clairement plus maitre de lui-même.
Tout ce dont il se souvenait c'est d'une
femme brune, mate de peau, probablement

originaire des pays de l'Est se dit-il en y
repensant.

_vous buvez quoi ? demanda-t-elle
_ un jack dit-il
_ oh ? ça va vraiment mal vous pour que
vous vous mettiez aussi mal ? vous
permettez que je vous accompagne ?
_ Hey !
Elle interpella le barman.
_ Remettez-en un au monsieur et moi je
vous prendrai votre meilleur rosé.
Ethan la dévisagea, ça faisait longtemps
qu'on ne s'était intéressé à lui, lui qui
semblait être une cause perdue, où le genre
de mec qui n'intéresse personne selon lui.
Depuis la perte de sa femme, il passait son
temps à se dévaloriser et à ne plus s'aimer.
Il ne croisait que rarement son propre regard
dans le miroir, il avait perdu goût à pas mal

144

de choses hormis l'alcool qui l'aidait à
maintenir la tête en dehors de l'eau.

_Mia ! dit-elle tendant la main vers Ethan
_Hum ? il dévisagea Mia
_Je ne suis pas intéressé ! grommela Ethan
_Oh mais c'est qu'il est ronchon celui là !
Mia ne semblait pas vouloir jeter son dévolu
sur quelqu'un d'autre. C'est le genre de
femme sûre d'elle, plutôt têtue.
_Qu'est ce qui vous amène dans ce coin
paumé ? dit-elle
_ C'est pas la première fois que je vous vois
par ici en fait j'ai déjà eu l'occasion de vous
observer mais vous ne m'avez pas remarqué
jusqu'à ce jour.
_ Ah parce que vous me suivez ? s'inquiéta
Ethan
_ Pas de panique c'est juste que vous
m'intriguez rien de plus rien de moins.
Ethan sourit.

_ Ah un sourire ! bon c'est quoi ton prénom
? Oui je sais je te tutoie sans te demander
mais ça commençait à sérieusement me
saouler de ne pas savoir.
_ Ethan. Il hésita deux secondes puis il
tendit la main à Mia
Les heures passèrent, Ethan et Mia étaient
toujours en train de faire connaissance, la
gêne du début semblait vite être oubliée.

_ C'est dingue quand même. J'habite Detroit
depuis un sacré moment et je ne t'ai jamais
vu alors que tu me dis habiter à même pas
une borne de moi, et pourtant je connais
cette ville comme ma poche. Et nous voilà
assis au même Bar.

_La vie est parfois ainsi faite Ethan. Bon il
est tard j'ai des choses à faire. Tu veux mon
numéro ?

Ethan était gêné mais il accepta car cette
fille le perturbait et il semblait ne pas
vouloir en rester là.

Mia sortit du bar et marche en direction de la
rue voisine, portable à la main, elle semblait
pressée d'écrire un SMS qui semblait
important à ces yeux.
Sur le portable on pouvait y lire ; "appel moi
j'ai du nouveau, c'est urgent…"

Elle rentra chez elle quelques minutes
ensuite, alluma la lumière de l'appartement
qui semblait si vide. Le strict minimum était
entreposé dedans, une petite table au milieu
de ce qui ressemblait à un salon, un vulgaire
vase en son centre. Un lit de fortune était
dans l'autre coin de la pièce, quelques boîtes
de pizza jonchaient le sol.

Soit il s'agissait là d'une jeune femme qui n'avaient pas eu le temps d'acheter le nécessaire pour s'équiper chez elle, soit elle se préparait à déménager le plus rapidement possible et elle devait s'encombrer le moins possible.

Mia se dirigea dans la pièce voisine de son mini salon dans lequel se trouvait un bureau lui aussi de fortune sur lequel trônait son pc encore allumer.

Sur son écran, on pouvait lire le début d'un dossier encore ouvert, intitulé : ***le patient 42.***

Ethan et June étaient enfin réunis, même s'il avait du mal à y croire étant donné qu'elle était morte des années auparavant.

Suite à ces révélations, Ethan se demandait qu'est ce qu'on pouvait bien lui cacher d'autres mais une chose était sûr il finirait par le savoir.

June semblait en grande forme, une belle jeune fille mais aux traits tellement infantile, elle respirait la jeunesse mais semblait pour son jeune âge en avoir vu énormément.

Ethan s'arrêta et lui demanda : _ J'ai besoin de savoir deux, trois choses June ?

_ Pas maintenant papa, c'est vraiment pas le moment on en parlera tout à l'heure, je te rappelle qu'on est pas tout seul, ils nous cherchent sûrement vu le bordel que tu as foutu.

_ J'aimerai quand même savoir ce qui t'est arrivé durant toutes ces années. Comment tu m'as reconnu surtout ? la dernière fois que je t'ai vu tu étais à peine née, c'est impossible que tu puisses te souvenir de moi !

June ne répondit pas tout de suite à sa question, elle l'emmena au lieu de cela dans une pièce à l'abri du bureau des techniciens qui semblait avoir reprit de l'activité puisqu'on pouvait entendre des bruits de pas dans les couloirs, des hommes semblent courir un peu partout à la recherche d'Ethan.

_ Tu vois ils nous cherchent ! mais je connais une issue suis moi !

June ouvrit la porte, elle vérifia que la voie était dégagée, puis fit signe à son père de la suivre.

Quelle assurance ! Ethan était subjugué que
sa fille puisse être aussi courageuse.
Les deux se dirigent à nouveau dans un long
couloir toujours aussi blanc.
Ils arrivent devant une immense porte toute
aussi blanche que le reste du couloir.
_ On y est enfin. dit June
_ On est où ? lui demanda Ethan
_ La où tu découvriras enfin la vérité papa.
La porte venait de s'ouvrir comme si elle
était destinée à le faire au moment où Ethan
se tiendrait devant elle.
À l'intérieur, la pièce était vide, seul une
fenêtre montrait l'extérieur, qu'Ethan n'avait
pas vu depuis un sacré moment.
Ethan s'approche de la fenêtre avec une
impression étrange qui lui parcourait le
corps, un frisson, les poils commençaient à
s'hérisser le long de son corps.
Dehors tout semblait vide, blanc comme si
la neige avait tout envahi. Seul une fumée

opaque était distinguable, un brouillard épais
dont seul le blanc de la neige s'échappait.
_ Il n'y a rien dehors pour nous papa.
_ Dit pas n'importe quoi !
_ Tu le vois bien non ? il faut que tu te
réveilles maintenant ! dit elle soudainement
!

Une voix résonna dans la pièce ! elle venait
de derrière Ethan qui la reconnut
immédiatement.
_ Elle dit vrai monsieur Hayther !
maintenant réveillez vous !
Le docteur Shepard se tenait derrière Ethan.
Ethan eu une absence soudaine comme un
trou noir.
Il ouvrit les yeux.

_ Enfin il est réveillé docteur !

_ Hum, dites moi Monsieur Hayther, qu'est ce qui vous effraie ?

Ethan était ligoté à son lit.

_ Où ? Qu'est ce qui s'est passé ? demanda-t-il ?
_ Où ? Où est ma fille….?

_ Alors vous ne vous souvenez vraiment de rien ?
_ Votre fille ?
_ Vous n'avez jamais eu de fille..
_ Menteur ! cria Ethan
_ Je veux ma fille ! je sais que j'en ai une et que je suis père, je l'ai vu !
Ethan s'agite dans tous les sens dans son lit comme si cela pouvait l'aider à se défaire de ses sangles pourtant tellement serrées.
_ Calmez-vous tout de suite !

Mais rien n'y faisait, il poussait des cris et continuait de plus belle jusqu'au moment où on lui injecta un tranquillisant qui le calma net.

_ Bon, on peut discuter tranquillement maintenant ? dit Shepard

_ Vous vous souvenez vraiment pas de ce qui s'est passé il y a maintenant plus de 9 ans de cela ? Il est possible que suite à votre traumatisme votre cerveau ait décidé d'occulter une partie de vos souvenirs.
Il y a 9 ans, on nous a appelés afin qu'on intervienne sur un violent accident de la route dans lequel vous étiez présent.
Shepard parlait, mais Ethan ne semblait pas l'écouter à vrai dire, son regard commençait à partir dans le vide. Il avait l'impression de flotter comme dans un rêve, comme si tout ce qu'il voyait ou vivait n'était qu'un rêve où un cauchemar selon comment on peut le percevoir.

Cependant, il se sentait profondément triste au fond de lui, sans savoir d'où venait ce sentiment et pourquoi il se sentait comme ceci.

9 ans plus tôt :

Ethan n'était plus le même depuis qu'il avait perdu Anna, il ne voyait plus personne, se nourrissait très mal et il passait le plus clair de son temps à picoler sans vergognes sans les bar de Détroit dans lequel il était très connu surtout pour ces soirées où le patron était obligé de le sortir de son établissement de force.

Il était là, ce jour-là dans ce taxi, celui qu'il n'aurait jamais dû prendre, il était là au mauvais moment, au mauvais endroit.

Ses souvenirs de ce jour en question étaient très flou, parfois des détails lui revenaient en tête mais il était davantage hanté par les

souvenirs de sa bien aimée Anna que du jour
de son accident.

18 Avril 1999 :

Ethan se réveilla encore groggy de la veille
et de sa soirée passée. Il n'était pas seul cette
fois-ci. Il se réveilla en compagnie de Mia
qu'il avait tenu à revoir quelques jours plus
tôt, et les deux semblaient ravis de pouvoir
se retrouver devant un verre.
Ce soir-là, il l'avait invité chez lui, dans ce
qu'il appelle son petit coin de paradis. Il lui
avait réservé une bonne bouteille de vin
rouge qu'il gardait pour des occasions
spéciales, une cuvée Saint Pierre de 1995,
peut-être pas la meilleure des années, mais
c'était son vin préféré.
Ils avaient passé la soirée à boire, manger et
à rire. Ethan était plutôt bon cuisinier, il

156

avait envie de vendre du rêve afin d'éviter
de ruminer sur son passé.

Il avait soigneusement évité le sujet quand
Mia lui demandait s'il avait été marié, ou s'il
avait des enfants.

Elle trouvait ça attirant le côté mystérieux,
en même temps elle décelait une fragilité
chez lui plutôt touchante.

Ethan était très attiré par Mia, ils étaient en
pleine phase de séduction.

Mia semblait être un peu pompette, mais il
ne voulait pas profiter de la situation, surtout
qu'elle se rapprochait de lui, lui caressant le
torse.

_ T'en fais pas je sais ce que je fais, laisse
toi aller lui dit Mia

_ Arrête de réfléchir et lance toi !

Ethan laissa tomber ses a priori et se laissa
aller.

Mia se jeta sur lui, l'embrassa. Il l'a
déshabilla, elle lui arracha sa chemise. Elle

était très entreprenante ce qui le surpris mais qu'importe dans le feu de l'action.

Il n'avait pas fait l'amour depuis qu'il avait perdu son Anna.

Mia semblait tellement énergique et lui retrouva une sorte de seconde jeunesse avec elle.

Ils firent l'amour toute la nuit, Mia finit par s'endormir dans les bras d'Ethan. Il était resté éveillé, admirant la beauté de son corps parfait.

Au réveil elle ne traîne pas comme il aurait pu l'espérer, pour elle il n'était qu'une aventure d'un soir rien de plus, rien de moins.

Lui était un tantinet un cœur d'artichaut qui pouvait s'attacher très vite mais Ethan prit sur lui et il décida de faire un effort sur lui même.

Mia prit ses affaires, elle ne prit pas le temps de déjeuner ou rien et s'en alla rapidement. Quand elle fut assez loin de l'appartement d'Ethan, elle prit son téléphone et envoya le message " *c'est bon je me suis rapproché de lui, j'ai fais le nécessaire, il n'y a vu que du feu*"

En effet, la veille, pris par l'euphorie de recevoir une telle beauté chez lui, il n'avait pas remarqué que Mia avait posée quelques mouchards chez lui dont une caméra discrète afin de le garder à l'œil.
Mia était encore plus mystérieuse que ce que pouvait penser Ethan.

30 Août 2026 :

Une voix se faisait insistante dans son rêve.

_ Tu n'as pas ta place ici dit-elle

_ Cette voix ? c'est toi ? demanda Ethan

Il crut reconnaître la voix de Mia, lui qui
l'avait perdu de vue depuis bien des années.
Elle était partie du jour au lendemain sans
laisser la moindre nouvelle. Il avait finit par
l'oublier, mais au fond elle l'avait marquée
de part leur rencontre insolite.

_Allez réveille toi ! Je n'ai pas beaucoup de
temps devant moi

_ Que fais tu ici Mia ?

_Je vois que tu te souviens de moi, il faut
que tu te réveilles ils vont bientôt me
repérer, ils se servent de toi pour leur

expériences, leur grand projet comme ils
disent.
Tu dois te sauver d'ici Ethan.
_ Mais je l'ai revu ! Je peux sauver ma fille
_Tu ne comprends pas ? Ils manipulent tes
souvenirs, ta fille n'existe plus depuis
longtemps.
_ Qui me dit que tu n'es pas non plus une de
leur manipulation dans ce cas ? Demande
Ethan.

_ Je te demande pas de me croire sur paroles
mais juste de me faire confiance.
Il n'y a qu'un moyen pour que tu sortes de
tout ceci. Mais ça ne va pas te faire plaisir.
Avant que Mia termine de s'expliquer Ethan
se réveilla, la drogue qu'on lui injectait
depuis maintenant huit jours n'agissait plus.

Ethan dut attendre plusieurs jours avant de retomber dans un sommeil profond et il espérait bien sûr réentendre la voix de Mia qui pourrait enfin le guider vers la sortie.

_ Tu, tu es là ? Bégaye-t-il

Pas de réponses. Tout autour de lui semblait si vide, comme s'il était au milieu d'un brouillard intense, et épais.

Bien sûr il savait qu'il était toujours dans un rêve puisqu'il se souvenait s'être endormi.

Il désespérait de l'entendre à nouveau.

Sous le coup de la colère qui était enfouie en lui, il se mit à pleurer, et là sorti de nulle part il l'entendit à nouveau, cette voix qui lui était familière.

_ Bon sang Ethan ! Tu n'as pas finis de pleurer ? Demanda Mia

Je croyais que tu étais un homme ?

Ethan sourit car il retrouvait là son amie
au caractère bien trempée.

_La dernière fois que tu m'as parlé tu
t'apprêtais à me dire comment sortir d'ici

_Bien sûr et ça ne va pas te plaire.

_Pourquoi ça ne vas pas me plaire ?
Demanda Ethan interrogateur.

_ Tout ce que tu vois ici, bah ce n'est pas
vraiment ici en fait.

_ Bien sûr nous sommes dans un rêve.

_ Je ne parle pas de ce rêve ci nigaud !
Dit Mia

Ethan se retrouva stupéfait.

_Que veux-tu dire au juste ?

_ Je veux dire pour être très clair que tu
es toujours dans ton lit et que tu n'es
jamais sorti du coma. On t'a plongé dans
un état profond pour que ton corps se
rétablisse avec le moins de séquelles

possible. D'ailleurs je ne suis même pas sûr d'être là moi même.

Ethan était comme paralysé de ce qu'il venait d'apprendre.

_ Bon tu veux sortir d'ici ou tu vas rester là la bouche grande ouverte et attendre la suite ? Car crois moi la suite ne te plairait pas non plus. Si tu restes des jours de plus encore c'est la mort qui t'attend, on ne peut pas maintenir quelqu'un plus de neuf ans ainsi.

Ethan plus motivé que jamais se remit de ses émotions, elle venait de lui apporter un électro choc celui salvateur. Elle lui avait toujours sembler si rassurante dans sa voix, sa façon d'être si naturelle qui l'avait dès le départ perturbé.

_Montre moi comment sortir d'ici ! Dit-il

_Puisque tu y tiens tellement...

Mia le prit dans les bras, lui murmura la solution à l'oreille.

Elle lui dit ; « pour sortir d'ici c'est simple tu dois mourir ici ! Le meilleur moyen à ta disposition c'est le toit du bâtiment, tu n'as qu'à te jeter dans le vide et fermer les yeux..

Ethan s'attendait à tout sauf à ça...

_Me dit pas que tu hésites ? Demande Mia

_Non tu crois ??? dit-il

C'est pas comme si j'avais à me jeter dans le vide quoi..

_Bon commence déjà par te réveiller d'ici, toutes façon l'effet des médocs s'estompe.

Quelques instants plus tard, Ethan se réveilla de son profond sommeil médicamenteux.

Il regarda dans sa chambre, celui-ci n'était plus attaché, rien ne l'entravait. Ils ont sûrement pensé qu'il ne représentait plus un danger pour personne.

Ethan se lève et se dirige vers la porte dans un premier réflexe.

_Quand faut y aller, faut y aller se dit-il

La porte s'ouvre et bizarrement la pièce qui menait derrière celle-ci avait changée de disponibilité par rapport à son précédent passage dans celle-ci.

Les couloirs semblaient dorénavant vide, d'un blanc immaculé.

Ethan se dirigea automatiquement vers les escaliers.

Il arriva sans aucune difficulté aux étages suivant.

Il lui restait une dizaine d'étages à gravir
avant d'arriver au toit.

_Allez on y est presque ! Se dit-il pour
s'encourager

Il était toujours dans un état un peu
second à cause des médicaments mais il
était porté par sa conviction d'en finir
avec tout ça plus qu'autre chose.

Plus que cinq étages, les escaliers n'en
finissaient plus.

Arrivé juste avant le dernier étage il
s'arrêta net dans les escaliers.

Il reconnu la voix de Shepard et de
personnes qui semblaient être de la
sécurité. Ils étaient en alerte, sûrement à
la recherche d'Ethan, quelqu'un avait
forcément remarqué son absence
soudaine de sa chambre.

Il attendit qu'ils passent pour se faufiler
jusqu'en haut. Cette fois, plus de retour
en arrière possible.

Le sommet, le toit du monde :

Tout allait être clair à présent. Toutes les réponses à ses questions trouveraient une réponse.

Il ouvrit la porte menant au toit de l'hôpital, il faisait un froid glacial dehors, il grelottait et il tremblait de tout ses membres.

Dehors une tempête de neige s'intensifiait depuis quelques jours déjà. Ethan peinait à avancer dans ce froid lui qui n'avait quasiment rien sur lui.

Il approcha du bord et se remit à penser à sa vie, à Anna, à sa fille, à Mia...

Il ferma les yeux, des larmes coulaient le long de ses joues et venait se perdre dans sa barbe de trois jours.

Il n'osait pas faire le pas, celui qui le conduirait dans le vide et sûrement vers sa mort.

Il finit par ouvrir les yeux comme pour regarder la mort en face, il se dit que de toute façon il ne craignait plus rien, qu'il était temps.

Il se tourna un instant pour regarder ce qu'il laissait derrière lui, et crut percevoir Lacy qui le regardait sans bouger mais avec un sourire en coin comme si elle approuvait son choix comme étant le plus judicieux.

_Les robots ça ne sourit pas ! Se dit-il

Ethan se tourne sur le bord du vide et plongea la tête la première.

Il chuta de plus en plus vite puis.. plus rien le néant.

13 Octobre 2023 :

_ *Croyez-vous en Dieu ?*

_ *Qu'est ce qui vous effraie ?*

_ Cette voix.. se dit Ethan

Il ouvrit enfin les yeux. Tout était très flou autour de lui. Une silhouette s'approcha de lui. Il reconnut le Dr Shepard.

_ Mr Hayther ? Je vois que vous êtes réveillez ! Savez-vous où vous êtes ?

_ Dans un hôpital ? ironisa Ethan

_ Je vois que vous avez de l'humour ! Rit Shepard

Vous vous réveillez d'un très long coma, est-ce que vous vous souvenez de ce qui s'est passé au juste ?

_ J'étais dans un taxi je crois..

Cette discussion ? On ne l'a pas déjà eu
doc ?

_ Absolument pas jeune homme !

_ Ma femme ! Y avait ma femme, je
vous ai même parlé de ma fille !

_ Hum..

Shepard prit un air grave.

_ Il y avait même cette fille ! Une femme
prénommée Mia

_ Il n'y avait pas de Mia jeune homme,
vous étiez seul en arrivant et jusqu'ici je
n'en ai jamais entendu parler.

Ethan semblait de plus en plus en
panique et ne comprenait pas ce qui se
passait.

_ Mais doc ! Elle était là, elle me parlait
comme je vous parle ! Elle m'a dit de ne
pas vous faire confiance, que tout ceci
me mènerait à ma mort !

_ Vraiment ! Voyons jeune homme, vous étiez plongé dans le coma, il arrive quelque fois que l'esprit puisse jouer des tours. Ce que vous avez vu est une matérialisation de votre subconscient qui vient en aide à votre corps sous l'image d'une personne rassurante et amicale.

Il ne s'agit là rien de plus qu'un projection dans votre esprit.

Vous vous souvenez vraiment de rien ?

Ethan ne répondait plus.

_ Dans ce cas je vais vous paraître brutal, jeune homme une partie de votre discours était vrai et une est erronée sûrement dût au choc que vous avez subit.

Vous avez bien une femme et une fille..

Shepard hésita à continuer son discours.

_ Dites-moi doc !

_ Vous avez bien une femme et une fille,
mais la police les a retrouvée à votre
domicile, les deux ont été assassinées.
Bien sûr vous vous doutez qu'en neuf
ans le coupable a été retrouvé.

_ Le coupable ? Demanda Ethan

Tout d'un coup cette révélation fit l'effet
d'un électro choc dans son cerveau.

Tout devenait clair et cette partie qu'il
semblait avoir volontairement essayer
d'oublier se réveilla.

Il était là le jour du meurtre, il était bien
présent car la personne qui tenait l'arme
s'était lui....

Ethan était en pleurs, ravagé par la
culpabilité de son geste.

La police mise au courant de son réveil
entra dans la chambre, la porte se
referme, sur celle-ci on pouvait lire
chambre numéro 42.

FIN ?

Remerciements :

Des remerciements à ma famille qui me supportent dans mon projet d'écriture depuis toutes ces années ainsi qu'à tout ceux qui ont lu ce livre !

Œuvre de fiction réalisée et écrite par
Thomas Pilla

*Toute ressemblance avec des personnes
ou personnages connues est purement
fortuite.*

www.ingramcontent.com/pod-product-compliance
Lightning Source LLC
LaVergne TN
LVHW010332200726
843507LV00010B/1456